Mon mari

L'Iconoclaste,
26, rue Jacob, 75006 Paris
Tél. : 01 42 17 47 80
iconoclaste@editions-iconoclaste.fr
www.editions-iconoclaste.fr

MAUD
VENTURA

Mon mari

L'ICONOCLASTE
ROMAN

À mes parents
amour, toujours

« Je n’ai jamais écrit, croyant le faire,
je n’ai jamais aimé, croyant aimer,
je n’ai jamais rien fait qu’attendre
devant la porte fermée. »

L’Amant, Marguerite Duras

Je suis amoureuse de mon mari. Mais je devrais plutôt dire : je suis *toujours* amoureuse de mon mari.

J'aime mon mari comme au premier jour, d'un amour adolescent et anachronique. Je l'aime comme si j'avais quinze ans, comme si nous venions de nous rencontrer, comme si nous n'avions aucune attache, ni maison ni enfants. Je l'aime comme si je n'avais jamais été quittée, comme si je n'avais rien appris, comme s'il avait été le premier, comme si j'allais mourir dimanche.

Je vis dans la peur de le perdre. Je crains à chaque instant que les circonstances tournent mal. Je me protège de menaces qui n'existent pas.

Mon amour pour lui n'a pas suivi le cours naturel des choses : la passion des débuts ne s'est jamais transformée en un doux attachement. Je pense à mon mari tout le temps, je voudrais lui envoyer un message à chaque étape de ma journée, je m'imagine lui dire que je l'aime tous les matins, je rêve que nous fassions l'amour tous les soirs. Je me retiens de le faire, puisque je dois aussi être une épouse et une mère. Jouer à l'amoureuse n'est plus de mon âge. La passion est inappropriée avec deux enfants à la maison, hors de propos après tant d'années de vie commune. Je sais que je dois me contrôler pour aimer.

J'envie les amours interdites, les passions transgressives que l'on ne peut pas vivre au grand jour. J'envie encore plus l'amour quand il n'est pas ou plus partagé, quand le cœur bat à sens unique, sans cœur qui bat de l'autre côté. J'envie les veuves, les maîtresses et les femmes abandonnées, car je vis depuis quinze ans dans le malheur permanent et paradoxal d'être aimée en retour, de connaître une passion sans obstacle apparent.

Combien de fois ai-je espéré que mon mari me mente, qu'il me trompe ou qu'il me quitte : le rôle de la divorcée brisée est plus facile à tenir. Il est déjà écrit. Il a déjà été joué.

Des amoureux transis qui chantent la perte ou le rejet, il en existe des millions. Mais je ne connais aucun roman, aucun film, aucun poème qui puisse me servir d'exemple et me montrer comment aimer mieux et moins fort. Je ne connais aucune héroïne d'aucune pièce qui puisse me montrer comment m'y prendre. Je n'ai rien pour documenter ma peine.

Je n'ai rien non plus qui puisse la calmer, car mon mari m'a tout donné. Je sais que nous passerons notre vie ensemble. Je suis la mère de ses deux enfants. Je ne peux rien espérer de plus, je ne peux rien espérer de mieux, et pourtant le manque que je ressens est immense et j'attends de lui qu'il le comble. Mais avec quelle maison, avec quel enfant, avec quel bijou, avec quelle déclaration, avec quel voyage, avec quel geste pourrait-il remplir ce qui est déjà plein ?

Lundi

Chaque lundi, nulle lassitude quand je franchis les portes du lycée. Je suis professeure d'anglais depuis presque quinze ans, mais je n'ai jamais oublié pourquoi j'aime tant donner cours. Pendant une heure, je suis au centre de l'attention. Je maîtrise la durée, ma voix remplit l'espace. Je suis aussi traductrice pour une maison d'édition. C'est peut-être cette double vie qui a maintenu intacte en moi la flamme de l'enseignement.

Sur le parking réservé aux professeurs, je croise le proviseur, on discute quelques instants. Puis arrive le moment que j'attendais : il me demande des nouvelles de *mon mari*. Je réponds que *mon mari* va bien. Cette expression me fait toujours le même effet treize ans après notre mariage. Des frissons de fierté quand je glisse que « mon mari travaille dans la finance » à un dîner ; quand je précise à la maîtresse de ma fille devant les grilles de l'école que « c'est mon mari qui viendra chercher les enfants jeudi » ; quand je vais chercher des pâtisseries à la boulangerie et que j'annonce que « mon mari a passé une commande mardi » ; quand je raconte l'air faussement détaché (alors qu'en réalité je trouve cela infiniment romantique) que « j'ai rencontré mon mari par hasard à un concert de rock » lorsqu'on me demande comment nous nous sommes connus. Mon mari n'a plus de prénom, il est *mon mari*, il m'appartient.

Le lundi a toujours été mon jour préféré. Parfois, il se pare d'un bleu profond et royal – bleu marine, bleu nuit, bleu égyptien ou bleu saphir. Mais plus souvent le lundi prend l'apparence d'un bleu pratique, économique et motivant, adoptant la couleur des stylos Bic, des classeurs de mes élèves et des vêtements simples qui vont avec tout. Le lundi est aussi le jour des étiquettes, des bonnes résolutions et des boîtes de rangement. Le jour des choix judicieux et des décisions raisonnables. On m'a déjà dit qu'aimer le lundi était un truc de première de la classe – que seuls les intellos pouvaient se réjouir que le week-end se termine. C'est peut-être vrai. Mais cela relève surtout de ma passion pour les débuts. Dans un livre, j'ai toujours préféré les premiers chapitres. Dans un film, les quinze premières minutes. Au théâtre, le premier acte. J'aime les situations initiales. Quand chacun est à sa place dans un monde à l'équilibre.

En fin de matinée, je fais lire un texte à mes élèves. Puis je leur donne la parole à tour de rôle. Je note du vocabulaire au tableau, leur communique les mots dont ils ont besoin pour parler (ce sentiment de puissance est grisant). Dans l'extrait que nous étudions aujourd'hui, l'un des personnages porte le même prénom que mon mari. Mon cœur se serre chaque fois que je le vois écrit ou que l'un de mes élèves le prononce. Ensuite nous traduisons et commentons un échange de vœux entre deux époux. Mes élèves sont familiers de cette tradition anglo-saxonne souvent reprise dans des séries américaines (et souvent interrompue par un ancien amant en pleine reconquête). C'est l'occasion d'étudier l'utilisation de l'auxiliaire grâce à la réponse tant de fois espérée du « *I do* » – « Je le veux ».

Pendant que les derniers élèves quittent la salle, j'ouvre les fenêtres pour faire disparaître l'odeur de fin de cours, un mélange de transpiration et de feutre pour tableau blanc. Le mélange aussi des parfums trop sucrés (des filles) et trop musqués (des garçons). Les hormones adolescentes raffolent de ces effluves super concentrés qu'on trouve en grandes surfaces. C'est peut-être ce genre de parfums que je devrais acheter. Je porte depuis des mois celui d'un petit parfumeur confidentiel que j'espérais torride mais qui se révèle désespérément lisse sur ma peau. Comment savoir quels sont les parfums à la mode quand on a seize ans ? Je pourrais inventer un exercice sur le thème des odeurs et demander à mes élèves de décrire leur parfum – à la fois instructif pour moi (trouver des idées pour un nouveau parfum) et pour eux (enrichir leur vocabulaire olfactif).

Rosa est passée quand j'étais au lycée. Je m'arrange pour ne pas la croiser, car je ne sais jamais quoi lui dire ; je n'ai pas l'aisance des personnes riches depuis suffisamment longtemps pour savoir comment parler à ma femme de ménage – la voir nettoyer ma maison ne m'a jamais semblé être dans l'ordre des choses.

Il flotte une douce odeur de propre, celle des serviettes moelleuses qui sentent fort la lessive dans la salle de bains, et des draps propres en lin adoucis par le temps dans nos lits. Il n'y a plus aucune trace de doigts sur le grand miroir dans l'entrée. Les tomettes rouges de la cuisine sont éclatantes.

Les sculptures sur la cheminée, la couverture en laine sur le canapé, les bougies sur l'étagère, les livres dans la bibliothèque, les magazines d'art empilés sur la table basse, les cadres photos accrochés dans l'escalier : chaque chose est à sa place. Même les fleurs du marché trônent au centre de la table de la salle à manger avec plus d'aplomb. Je suis sûre que Rosa a déplacé certaines tiges et arraché quelques feuilles pour mettre le bouquet davantage en valeur.

Hier après-midi, mon mari est allé au marché. L'abondance qui règne dans notre cuisine m'émeut : de la brioche et de la confiture sur le plan de travail, notre corbeille à fruits remplie d'abricots et de pêches. Je sais que c'est idiot, mais plus mon mari fait des courses importantes, plus j'ai l'impression qu'il m'aime. C'est comme s'il investissait dans notre couple. Comme le primeur qui pèse un à un les petits sachets en papier, je peux quantifier son amour chaque dimanche à son retour du marché grâce au montant du ticket de caisse abandonné au fond du cabas. Au frais :

des légumes et de la viande, de la tapenade du vendeur d'olives, une salade de pamplemousse au crabe de chez le traiteur, du fromage en grande quantité. Cette cuisine pleine à craquer fait battre mon cœur.

14h30. Il est un peu tôt pour relever le courrier, mais je ne risque pas grand-chose à y aller quand même. Je récupère la clef que je cache dans le double fond de ma boîte à bijoux, je parcours l'allée, ouvre la boîte aux lettres la peur au ventre, et découvre avec soulagement trois courriers qui n'ont rien d'inquiétant ou d'inhabituel (aucune lettre manuscrite, aucune enveloppe sans timbre). Quand je lève les yeux, je me rends compte qu'un voisin m'observe quelques mètres plus loin. Paniquée, je le salue avant de me précipiter à l'intérieur.

Il me faut quelques minutes pour retrouver mon calme. Je sais que c'est dans ces moments-là que je suis le plus susceptible de faire une erreur. Alors je me ressaisis. Je remets la clef dans le double fond de ma boîte à bijoux, à côté d'une bague qui brille toujours, bien qu'elle se soit un peu oxydée avec le temps. Elle a presque vingt ans, mais je la garde par nostalgie, malgré les risques que je connais : et si mon mari tombait un jour dessus ? Comment pourrais-je lui expliquer que je possède un solitaire quasiment identique à celui qu'il m'a offert le jour où il m'a demandée en mariage ?

Pourtant, ma vie avant lui ne le regarde pas. Je n'ai pas à tout lui dire : les couples qui durent sont ceux dont le mystère n'a pas été percé. Par exemple, quelques mois après notre rencontre, je l'ai quitté. Deux semaines de battement où je suis retombée dans les bras d'un ancien amoureux, Adrien. On a pris un train et on est allés voir la mer. Puis, un matin, j'ai laissé un mot sur l'oreiller et je suis partie retrouver celui qui allait devenir mon mari. Ce qui s'est passé pendant ces deux semaines d'hésitation, il n'a pas à le savoir.

Comme tous les lundis, mon mari est à la piscine après le travail. Et comme tous les lundis, je cuisine plus nerveusement que les autres soirs. Je suis agitée, je manque de patience avec les enfants, je me coupe en préparant l'entrée, je fais trop cuire la viande.

Quand mon mari est absent, la maison résonne comme un piano dont la sourdine est enclenchée : le son en sort feutré, notre vie de famille perd en variations et en intensité. C'est comme si quelqu'un avait déposé un immense couvercle sur notre toit.

J'allume la lumière du porche, puis celles de la cuisine et du salon. Depuis la rue, notre maison ressemble à une boutique de souvenirs qui brille dans l'obscurité. C'est le spectacle accueillant que mon mari doit découvrir à son retour.

Une fois les enfants couchés, je regarde un moment la télévision, mais je ne vois que des femmes qui attendent comme moi. Elles mangent un yaourt, conduisent une voiture ou se parfument, mais ce qui me saute aux yeux, c'est ce qui se passe hors cadre : ce sont toutes des femmes qui attendent un homme. Elles sont souriantes, elles ont l'air actives et occupées, mais en réalité elles tournent en rond. Je me demande si je suis la seule à percevoir cette salle d'attente universelle.

C'est l'heure. Mon mari ne va plus tarder à rentrer. Je parcours la bibliothèque à la recherche d'un roman pour me donner une contenance. Je ne veux pas qu'il me retrouve en train de l'attendre derrière un écran. Marguerite Duras sera parfaite pour ce soir.

J'ai lu *L'Amant* pour la première fois quand j'avais quinze ans et demi. Il ne m'en reste que quelques images: l'humidité, la sueur, les fluides, les persiennes, le Mékong, une fille de mon âge à laquelle je ne m'identifiais pas du tout (trop détachée et négative). Et puis, à quinze ans comme à quarante, le sexe sans sentiment ne m'a jamais beaucoup attirée. En revanche, une phrase m'est toujours restée, elle se termine ainsi: « Je n'ai jamais rien fait qu'attendre devant la porte fermée. » J'avais l'impression étrange de l'avoir déjà lue quelque part. Je l'ai d'abord soulignée au crayon à papier (je n'avais jamais écrit sur la page d'un livre, le geste m'a paru très grave). Puis, comme cela me semblait encore insuffisant, je l'ai recopiée dans un carnet. À dix-huit ans, j'ai envisagé de me la faire tatouer sur l'omoplate.

Des années plus tard, j'ai su que cette phrase n'appartenait pas à mon passé mais à mon futur. Elle n'était pas une réminiscence, mais un programme: « Je n'ai jamais rien fait qu'attendre devant la porte fermée. »

Les jambes négligemment repliées sous moi, mon livre ouvert au hasard, incapable de lire une ligne, une tasse de thé brûlant à portée de main, j'attends mon mari. La lumière du salon est trop agressive, j'allume une lampe et deux bougies – et je me remets vite en position. Depuis cette place sur le canapé, la porte se reflète dans le grand miroir de l'entrée. Je guette le moment où la poignée s'inclinera enfin.

On s'habitue à cette vision, un mari qui rentre du travail. On vit tant de fois cette scène qu'on ne la voit même plus. Notre attention se porte sur autre chose : l'heure du retour de plus en plus tardive au fil des promotions, une cuisson qu'on ne veut pas rater, les enfants qu'il faut border. On s'habitue, on regarde ailleurs. Moi, je continue à m'y préparer chaque soir.

21 h 20. Je prends mon pouls au creux de mon poignet. Accélération du rythme cardiaque. Pression artérielle qui grimpe, état d'alerte. Un coup d'œil dans le miroir : mes pupilles sont dilatées. Je sentirais presque l'adrénaline se diffuser dans mon amygdale ; je la sentirais presque battre, cette petite amande dans mon cerveau, battre et diffuser sa chimie du stress. Je prends plusieurs

respirations profondes pour ralentir artificiellement les battements de mon cœur.

21 h 30. Mon mari est à l'heure. Les phares de sa voiture qui éclairent par fragments la maison annoncent son arrivée. La portière claque dans la rue (c'est le premier vrai signal du retour). La boîte aux lettres s'ouvre et se referme dans un son métallique (deuxième signal). Enfin, le bruit de sa clef dans la serrure (dernier signal, troisième coup frappé sur le plancher du théâtre avant le lever du rideau). 3, 2, 1. Mes conversations intérieures cessent. Seules restent, incontrôlables, les pulsations de mon cœur. La porte de la maison s'ouvre. La soirée peut commencer.

Mardi

Il y a quinze ans, quand j'ai remarqué que l'homme avec qui je venais de passer la nuit dormait comme moi le poignet replié près de son visage, je me suis demandé comment interpréter cette coïncidence. Était-ce un trait de personnalité que nous avions en commun qui se manifestait ainsi ? Les gens qui dorment le poignet en angle droit se reconnaissent-ils entre eux ? On dit que ceux qui dorment sur le dos sont sociables, que ceux qui se mettent sur le ventre sont frustrés sexuellement, que ceux qui se positionnent sur le côté sont confiants. Mais on ne dit rien de ceux qui dorment le poignet cassé : partagent-ils, eux aussi, une communauté ? Quinze ans après cette première nuit, je continue à m'interroger sur ce point commun que nous partageons avec mon mari lorsque nous sommes endormis.

Il est encore tôt quand un rayon de soleil vient se déposer au commencement de son aisselle. On dirait un tableau aux jeux d'ombres parfaitement maîtrisés. Caravage n'aurait pas trouvé meilleur modèle que mon mari, avec ses longs cils noirs posés tout en haut de sa joue et la moiteur au creux de son cou. Plus que tout le reste, la chaleur de son corps au petit matin m'a toujours bouleversée (à combien peut monter la température ambiante sous une couette en plumes ? Le microclimat de notre lit semble parfois frôler les 50 °C, mais est-ce physiquement possible ?). Et puis il y a son sourire. La nuit, on dirait que mon mari est sur le point d'exploser de rire, qu'on lui raconte une anecdote qu'il trouve très drôle entre deux rêves. Cette caractéristique, je ne crois pas que nous la partagions, mais c'est forcément une bonne nouvelle. Un homme malheureux ne sourit pas lorsqu'il dort.

J'approche ma main, mais suspends mon mouvement avant que mes doigts ne glissent dans ses cheveux. Sur l'oreiller, une fine traînée de pellicules semblable à la chute des premières neiges. Il m'arrive souvent de m'attendrir devant ces flocons retrouvés dans notre lit ou sur le col d'une chemise. Suis-je bizarre d'être aussi touchée par les pellicules de mon mari ? Mais j'imagine que l'amour se nourrit de traces laissées sur un vêtement ou un drap, et que toutes les amoureuses du monde s'en émeuvent.

Mon mari continue à dormir jusqu'à la sonnerie de son réveil, alors même que j'ai ouvert les volets de la chambre depuis un moment. Pourtant cela fait des années qu'il clame haut et fort qu'il ne peut dormir que dans le noir complet. Moi j'ai toujours préféré dormir les volets ouverts. Les heures sombres me désorientent plus qu'elles ne me reposent. Mais ma préférence ne pèse pas lourd face au besoin d'obscurité de mon mari. Alors, quand j'ai commencé à partager son lit, cette concession était toute naturelle. Ce n'est quand même pas grand-chose. Mais ce matin, je suis bien obligée de constater que mon mari me ment : il n'a visiblement aucun problème pour dormir avec de la lumière.

Alors qu'il émerge doucement, mon mari s'approche de moi, mais je me retourne à temps pour échapper à ses bras. C'est la règle, je ne dois pas céder. Hier soir, il s'est endormi sans me souhaiter bonne nuit, il n'y a aucune raison qu'il profite de mes caresses au réveil. Et il n'est pas question que je relâche la garde. Surtout pas un mardi.

Le mardi est un jour belliqueux. Pas besoin de chercher des explications compliquées : sa couleur est le noir et son étymologie latine nous apprend que c'est le jour de Mars, le dieu de la Guerre. La prise de la Bastille a eu lieu un mardi. Le 11 septembre 2001 aussi. Le mardi est toujours un jour dangereux – ce qui m'inquiète d'autant plus que ce soir nous avons un dîner auquel je n'ai déjà aucune envie d'aller, et que tout le monde sait que les soirées mondaines sont rarement des rendez-vous pacifiques.

Ce matin, mon mari est le dernier à avoir utilisé la douche, j'en reconnais immédiatement la tiédeur. J'aime mes douches plus chaudes que lui, mais je prends plaisir à me laver avec cette eau que je n'ai pas choisie, dans un monde de quelques degrés inférieurs au mien.

Au moment où je m'enroule dans ma serviette, un courant d'air me fait frissonner. J'applique de l'huile dans mes cheveux, de la crème sur mes jambes, un peu de parfum au creux de mon cou. Mais au contact de ma peau, les effluves hypnotisants se transforment en une fragrance légère et fleurie. J'ai acheté ce parfum après l'avoir senti sur une autre femme pendant une soirée. Même à travers l'odeur des cigarettes et du vin, il m'a immédiatement évoqué un puissant philtre d'amour – une fragrance envoûtante et extrêmement sensuelle. Je me suis glissée dans la salle de bains de notre hôte pour découvrir le nom de ce dangereux poison, et j'ai pris en photo le flacon facetté que je ne connaissais pas (un petit parfumeur hors de prix). Hélas, dès les premières pulvérisations, la terrible vérité : ce parfum n'a plus rien de sulfureux quand je le porte moi. Je n'ai jamais réussi à me débarrasser de ma rassurante odeur de propre. Mon mari me surnomme depuis des années « ma douce » quand je me rêve en femme fatale.

Une odeur de café et de chocolat chaud monte du rez-de-chaussée. Dans la cuisine, mon mari se presse une orange. À la radio, on entend les chroniqueurs défiler dans le studio. Je bois mon premier café pendant la revue de presse : je suis à l'heure.

Les enfants nous rejoignent à la table du petit déjeuner. Mon fils et ma fille font toujours leur apparition en même temps. Est-ce qu'ils se concertent avant de descendre ? Systématiquement, c'est aussi par deux que je les vois disparaître après les repas pour aller faire leurs devoirs ou jouer. Ils ont deux ans d'écart – sept et neuf ans –, mais on dirait des jumeaux : ils font tout ensemble. Nos amis et nos proches nous envient : « *Vous en avez de la chance* que vos enfants s'entendent si bien, les miens se parlent à peine. » En réalité, nos enfants font plus que bien s'entendre, ces deux-là sont fusionnels (est-ce un trait de caractère que je leur ai transmis sans le vouloir ?).

Comme chaque matin, mon mari se fait griller deux morceaux de pain qu'il recouvre de confiture de fraises. Il ne mange que ça. Il boude les confitures de figues, de mûres et de cerises – même un mélange de fruits rouges ne trouve pas grâce à ses yeux. Ce monothéisme m'a toujours étonnée, car mon mari n'aime pas les fraises, il trouve ça trop acide. Ce petit fruit coloré et juteux, il ne sait l'apprécier que broyé, réduit en bouillie, et avec une tonne de sucre.

Chacun ses obsessions. Moi, c'est mon téléphone portable dont je n'arrive pas à me séparer. Je me suis promis cent fois d'arrêter, de ne plus le poser sur la table au moment des repas, je sais que ce n'est pas sain, mais je ne peux pas m'en empêcher. Heureusement que, pour le moment, mon mari ne s'en est jamais rendu compte.

Il me souhaite une bonne journée et m'embrasse du bout des lèvres avant de partir. Mais dans le monde qui est le mien, c'est à peine un baiser.

Depuis mon bureau, j'observe les allées et venues. Dans notre banlieue résidentielle, les voitures partent et reviennent avec la régularité des marées : une vague de départs à 8 heures, une vague inverse à 20 h 30 (comme en bord de mer, il faut compter 12 heures et 25 minutes pour un cycle complet). Je suis l'une des seules à contretemps avec mon mi-temps au lycée et mes traductions qui me font travailler chez moi.

Nous habitons à une demi-heure du centreville : des maisons années 1930, des jardins bien entretenus à l'abri des regards, des arbres fruitiers et des balançoires qu'on imagine derrière les immenses portails. Pendant mon enfance, ce fut aussi un rêve inaccessible que je touchais du doigt les mercredis où je quittais ma barre d'immeubles pour aller jouer chez mes copines pavillonnaires.

Aujourd'hui, je vis dans la plus belle maison du quartier. En toute objectivité, c'est celle dont la façade a le plus de charme et dont les arbres donnent le plus de fruits (j'ai lu dans un magazine de décoration que ce sont les arbres qui donnent à un lieu son caractère). J'aime ses pierres meulières, ses volets verts porte-bonheur, sa boîte aux lettres, son allée fleurie, le rosier grimpant qui encadre le seuil (j'ai lu dans ce même magazine que ses fleurs blanches suffisent à elles seules à embaumer tout un jardin).

À l'intérieur, j'aime le parquet qui craque, l'escalier qui grince, le premier étage avec notre chambre et la salle de bains, puis le second, avec les chambres des enfants et mon bureau : la disposition idéale.

Mais sans conteste, ma pièce préférée est l'entrée. Chaque soir s'y joue la grande cérémonie du retour du travail : mon mari ouvre la porte, dépose ses clefs et le courrier (il insiste toujours pour s'en occuper), me tend la baguette de pain, m'embrasse sur le front ou la joue (rarement sur la bouche). Nous avions besoin pour cette scène importante d'un très joli décor. C'est la raison pour laquelle j'ai conçu cet espace avec soin : un miroir sculpté acheté une fortune, une belle céramique pour nos clefs, nos photos de famille encadrées les unes au-dessus des autres. C'est la première pièce que mon mari découvre en arrivant, il est normal d'y apporter une attention particulière. Autrement, je ne pourrai m'en prendre qu'à moi-même si mon mari cesse un jour de vouloir rentrer chez nous.

L'entrée dessert les autres pièces du rez-de-chaussée : un salon étroit, une cuisine minuscule mais qui donne sur le jardin. Je ne suis pas adepte des volumes trop ouverts qui m'oppressent, je suis plus à l'aise dans ces espaces biscornus pour lesquels j'ai fait réaliser des meubles sur mesure. J'ai gardé intactes la cheminée en marbre Art déco et les moulures au plafond aux guirlandes compliquées. Je les regarde souvent quand je suis allongée sur mon canapé en me disant que c'est peut-être une personne de ma famille qui les a faites ; mon arrière-grand-père et mon grand-père étaient artisans peintres, et j'ai appris il y a quelques années qu'ils s'étaient spécialisés dans la réalisation de moulures en plâtre.

Nous avons emménagé dans cette maison quelques mois avant que je commence à travailler comme traductrice. Un collègue du lycée m'avait proposé d'assurer à sa place la traduction d'un texte qu'il ne pourrait pas terminer à temps – un livre de vulgarisation sur la révolution copernicienne. Ce n'était pas mon domaine d'expertise, je connaissais assez peu la période historique, mais j'ai accepté. Depuis, cet éditeur me confie souvent des traductions : des nouvelles, un recueil de poèmes, un polar qui a connu un certain retentissement, des livres sur l'histoire des sciences.

En ce moment, je m'attaque au premier roman d'une jeune autrice irlandaise à succès. Il n'est pas particulièrement difficile à traduire, mais je dois avouer que son titre m'échappe encore : *Waiting for the day to come...* « En attendant que le jour arrive » ? « Dans l'attente du jour à venir » ? Ce titre me résiste. Je n'arrive pas à en restituer la poésie ni à en retranscrire le sens concret. L'héroïne n'attend pas seulement la venue d'une époque nouvelle, d'un changement des mentalités. En réalité, elle attend aussi que le jour se lève. Il lui faut traverser la nuit et tenir jusqu'à l'aube. Seuls les premiers rayons du soleil lui assureront le salut. En plus, il y a une impatience que je n'arrive pas à rendre – une imminence, même. À la lecture, il est évident que le jour est sur le point de se lever. *Waiting for the day to come...* Et puis, que faire de ces points de suspension ?

Le reste du roman ne présente pas de difficultés majeures. J'ai procédé comme d'habitude. J'ai commencé par me familiariser avec la structure de la pensée de l'autrice. J'ai découvert ses expressions préférées, la manière dont elle aime commencer ses phrases, les répétitions qu'elle n'arrive pas à réprimer, les tournures qu'elle affectionne. Je suis entrée dans sa tête, je me suis approprié ses raisonnements jusqu'à en révéler la mécanique d'ensemble. Après plusieurs mois de travail, je peux enfin dire que j'ai adopté ses mimiques et sa voix.

C'est à cette étape que je peux savourer toutes les subtilités de cette langue peu technique, mais très émotive. L'anglais est simpliste : pas de déclinaisons à mémoriser, pas d'adjectifs à accorder. Pourtant, c'est une langue à reliefs, irrégulière et changeante : une grammaire rudimentaire, mais des expressions qui sonnent à l'oreille et un accent impossible à imiter. Vous pouvez éliminer les fautes de syntaxe, étoffer votre vocabulaire, adopter les tics de langage, l'anglais aura systématiquement une longueur d'avance sur vous. Parfois je me demande pourquoi je n'ai pas choisi une langue logique et prévisible comme l'allemand – avec l'anglais je dois renoncer à tout contrôler, ce qui m'agace parfois, me frustre aussi, souvent ; mais c'est ce qui explique peut-être pourquoi je ne me suis jamais lassée.

On m'a déjà demandé si mon travail en tant que traductrice m'avait donné envie d'écrire à mon tour. La réponse a toujours été la même : je ne me sens pas autrice. Quand je traduis, je ne suis qu'une interprète, et cet état de fait me convient parfaitement. Je n'ai rien à inventer, et cela tombe bien parce que je n'ai pas beaucoup d'imagination. Je préfère observer, analyser, déduire ; décortiquer un texte, en dévoiler les sous-entendus, en découvrir le ton implicite – être aux aguets, telle une enquêtrice à la recherche d'indices cachés. En plus, je repense souvent à Marguerite Duras : « Je n'ai jamais écrit, croyant le faire. » La suite de ma citation préférée contenait depuis toujours cet avertissement : attention, ne pense pas que tu écris, tu traduis.

L'odeur de la pelouse trempée par l'averse monte jusqu'à mes fenêtres. Je voudrais qu'il ne cesse jamais de pleuvoir. Mon mari est au bureau, les enfants à l'école, je peux continuer à travailler sans être dérangée. Quand mon mari est à la maison, je perds toute capacité de concentration. Je sursaute au moindre bruit dans l'escalier. Dès que je l'entends s'approcher, j'enlève mes lunettes et éteins mon ordinateur. Je préférerais toujours qu'il me découvre plongée dans un épais manuel de linguistique ou absorbée par la traduction d'un obscur poème de Byron plutôt qu'en train de remplir les bulletins de notes de mes élèves sur le logiciel du lycée. Par précaution, j'ai également toujours un stylo plume à côté de moi au cas où mon mari entrerait dans la pièce où je travaille : il adore me voir écrire à la main.

Mon mari a toujours admiré la rigueur avec laquelle je note les mots dont j'ai besoin pour mes traductions dans des petits carnets thématiques. J'en possède une dizaine. Le carnet rouge pour les termes liés à la politique et aux débats de société, ou le bleu pour la nature (c'est le plus fourni, il contient notamment les noms des plantes grimpantes des jardins anglais et les différentes espèces de chênes). Ils sont tous glissés les uns à côté des autres sur l'étagère au-dessus de mon bureau, mais aujourd'hui je remarque que l'un d'eux a disparu. Je cherche partout mon carnet jaune contenant mon vocabulaire relatif à la médecine et à l'histoire des sciences, en vain.

Pour mes traductions, je m'aide aussi d'un carnet consacré au vocabulaire amoureux avec les mots qui disent la rencontre, le couple, la séparation, et toutes les variations du sentiment. Certaines expressions récurrentes dessinent l'imaginaire amoureux de la langue anglaise – et celui, en creux, de cette romancière irlandaise (difficile à vérifier, mais je l'imagine dévastée d'avoir perdu son premier amour par négligence, erreur dont elle pense devoir expier les conséquences toute sa vie). Par exemple, le *let you go* est omniprésent dans son livre. Du *let you go* dans la bouche de tous les personnages et décliné à toutes les situations : *I shouldn't have let you go*, *I will never let you go*, *don't let me go*, etc. L'expression s'utilise souvent sur le mode du regret : je m'en veux de t'avoir laissé partir, j'aurais dû te retenir. On pense que c'est notre faute si l'autre nous a quitté, qu'on aurait pu empêcher la rupture. Le *let you go* est plaisant, il a quelque chose de rassurant même. C'est une fiction à laquelle j'aimerais croire moi aussi. Plongée dans ma traduction, je me demande si cette expression difficile à traduire en français témoigne du fait que les anglophones aiment différemment de nous. Font-ils davantage d'efforts ? Pour eux, est-il possible de faire durer l'amour ? De ranimer un désir qui s'éteint ? Comment s'y prennent-ils ? Avec quelle chanson tendre, avec quelle tenue nouvelle, avec quel parfum irrésistible, avec quelles vacances aux antipodes parviennent-ils à retenir celui qui s'apprête à partir ?

Le *let you go* concernera-t-il un jour mon mariage ? Comment nous prémunir contre ce mal anglais ? Même concentrée sur ma traduction, je ne m'étonne pas de penser à mon mari à chaque page. Tous les livres que je lis parlent de lui. Lors de ma première traduction sur la révolution copernicienne (le scandale : nous ne sommes pas le centre du monde, la Terre tourne autour du Soleil, exilée dans un Univers infini), je ne cessais de comparer cette découverte scientifique à ma vie sentimentale. Je me répétais, bouleversée, que cet effondrement de tous les repères de pensée, de tout ce qu'on a toujours tenu pour acquis, est exactement ce que je ressentirais si je devais vivre sans mon mari. Alors, je pourrais bien choisir des récits qui se déroulent à des époques lointaines ou dans des galaxies reculées : je serais toujours ramenée à lui par une description, une scène d'amour, un mot. Un ouvrage sur le jardinage ou sur l'Égypte antique me parlerait sans difficulté de mon mari.

Je saisis le roman le plus volumineux de notre bibliothèque. Entre ses pages est glissée une lettre que je dépose sur mon bureau. L'enveloppe n'a pas été ouverte, je vérifie tous les mardis. Ces derniers mois, je l'ai cachée dans le tiroir de la commode, dans une boîte à chaussures, dans la corbeille en osier sous ma table de nuit – mais mon mari ne l'a jamais trouvée. La pluie s'arrête. Elle aussi m'abandonne. Je me fais un thé et m'installe dans le fauteuil du salon – à cette place et à cette heure de la journée, la lumière y est idéale pour lire. J'ouvre *L'Amant* que j'ai fait exprès de laisser en évidence sur la table basse. Mon mari va-t-il y prêter attention cette fois ? Relever les indices que je sème sur son passage ?

Incapable d'en lire une ligne hier soir, je me laisse cette fois captiver par ce roman qui fait passer plus vite mon milieu d'après-midi et aspire sans effort les heures suivantes.

Je rappelle à Zoé les instructions qu'elle connaît déjà. Ce n'est pas la première fois qu'elle garde les enfants : pas d'écrans, pas de caprices, une demi-heure de lecture obligatoire avant de se coucher. Comme d'habitude, nous serons rentrés avant minuit et demi (avoir une baby-sitter qui attend à la maison me sert souvent d'excuse pour écourter un dîner où je n'ai aucune envie de rester, comme ce sera probablement le cas ce soir). Alors qu'il est l'heure de partir, je ne peux pas m'empêcher de lui demander :

– Zoé, soyez honnête. Cette lampe ne va pas du tout, vous ne trouvez pas ?

Zoé me regarde sans rien dire. Je ne sais pas si elle a peur de me vexer ou si elle n'a pas d'avis (j'ai moi-même mis des années à développer un goût sûr en matière de mobilier d'intérieur). Je déplace la lampe autour du canapé, puis j'essaie de l'orienter différemment, tout en demandant chaque fois à Zoé si elle se fond ainsi davantage dans la pièce.

La lampe est moderne et jolie, mais le problème vient de son intensité. Elle éclaire aussi fort qu'un projecteur sur un plateau de cinéma. Je ne pourrai décidément jamais rien en tirer ; impossible de créer une ambiance intimiste et feutrée avec un éclairage pareil. Je finis par proposer à Zoé de la lui donner. Elle me répond à demi-mot que la lampe lui plaît, mais qu'elle n'arrivera jamais à la faire rentrer dans sa chambre de bonne.

Comment m'en débarrasser ? Plongée dans mes réflexions, je me rends compte que je suis sortie sans embrasser mes enfants. Je leur ai dit quelques mots dans l'escalier avant de claquer la porte, je leur ai demandé d'être sages et d'écouter Zoé, mais j'ai oublié de les prendre dans mes bras. Je me répète pour m'en convaincre que ce n'est pas grave. Ne pas dramatiser. Mais comment font les autres mères ? Leur arrive-t-il aussi d'oublier de déposer un baiser sur la joue de leurs enfants avant de quitter la maison ? À partir de quel âge cesse-t-on les gestes tendres à chaque séparation ? Mes enfants ont sept et neuf ans. Est-ce que cela signifie qu'ils peuvent enfin se passer de mes bras ? Je me demande si Zoé ne va pas penser que je suis une mauvaise mère.

Mes amies me demandent souvent où je me fais coiffer, mais je tiens à garder l'adresse secrète. Je suis tombée sur ce salon par hasard à une époque où je changeais de coiffeur à chaque coupe. À cette époque aussi, j'avais pris la mauvaise habitude de m'inventer un personnage le temps d'une couleur ou d'une pose de vernis, pour m'échapper du quotidien une fois par mois, sans conséquence et à peu de frais. Cette fois-là, j'avais dit que je m'appelais Grace. J'avais choisi ma blonde hitchcockienne préférée, Grace Kelly : glaciale mais sensuelle, sophistiquée mais sauvage. Mon choix n'était pas tout à fait le fruit du hasard, puisque quelques années auparavant, j'avais consacré mon mémoire de fin d'année à cette couleur de cheveux et son rôle dans les films du célèbre réalisateur. Cet hiver-là, j'étais donc entrée dans le salon avec la ferme intention de me transformer en Grace pour quelques heures. Puéril, mais réjouissant. J'avais expliqué que je venais de me marier après un divorce éclair. Un remariage passionnel avec mon amour d'adolescence, un photographe américain perdu de vue pendant des années et dont j'avais retrouvé la trace par hasard dans une galerie, un soir de vernissage. Attirée comme un aimant par l'un des portraits au mur, je m'étais approchée jusqu'à découvrir son nom sur le cartel. Le temps que je comprenne qu'il s'agissait de mon ancien amant, il se tenait derrière moi. Je ne suis pas fière de ce mensonge, mais je ne pensais jamais retourner dans ce salon de beauté. Or il se trouve qu'on m'y a fait la plus belle couleur que j'aie jamais eue. Dans les semaines qui ont suivi, j'ai reçu une pluie de compliments sur ce blond froid et sensuel à la fois – et bien que je continue à nier qu'il ne s'agisse pas de ma couleur naturelle, j'ai dû concéder à mon entourage qu'il pouvait m'arriver de faire un balayage de temps en temps. J'ai essayé d'autres salons, sans jamais parvenir à cette même couleur. C'était peut-être Grace qui, seule, avait réussi à inspirer ce blond fatal et glacé à ma coloriste (pourtant, elle connaissait mal le cinéma hitchcockien, je lui avais demandé). Alors je n'ai pas eu d'autre choix que d'y retourner. Depuis, je me transforme en Grace une fois par mois pour entretenir mon blond et avoir toujours des ongles impeccables. Je raconte nos escapades romantiques avec mon deuxième mari, ses dernières expositions à New York. Et ma tristesse aussi, parfois, de ne pas avoir réussi à avoir d'enfants.

Aujourd'hui, je demande une couleur un peu plus chaleureuse que d'habitude – je souhaite l'éclaircir pour préparer l'été. Mais surtout, pas de changement trop brutal. Je ne veux pas que mon mari s'en aperçoive, et un blond qui n'a pas l'air naturel a vite l'air vulgaire. Aussi, on ne touche pas à la longueur (je ne coupe jamais plus que nécessaire) car mon mari me préfère les cheveux longs. Il déteste les entre-deux, dans la vie comme pour mes cheveux. J'achète plusieurs soins capillaires hors de prix que je cacherai en haut de notre dressing, avec mes autres sprays éclaircissants à la camomille. Enfin, je choisis un rose pâle pour mes ongles (moins sophistiqué qu'un rouge intense, mais j'ai vu plusieurs mères à la sortie de l'école et au club de tennis avec cette couleur).

Quand je quitte le salon, mon mari vient seulement de sortir du travail, nous décidons donc de nous retrouver directement chez notre couple d'amis. Nicolas et Louise sont les heureux parents d'une petite fille de trois mois que nous allons rencontrer pour la première fois.

Je m'arrête dans une boutique du centre-ville pour trouver un cadeau de naissance. Je choisis une peluche en forme de baleine, très douce et servant aussi de range-pyjama. J'en avais une à peu près similaire quand j'étais petite, dans laquelle je mettais mes trésors. Et quel plus beau cadeau qu'offrir une cachette ? J'ai également pris avec moi le livre que j'ai déniché dans une librairie anglophone le week-end dernier, une imagerie pour enfants sur le thème de l'aventure : des paysages du monde entier, des montagnes enneigées et des mers infinies, un canoë voguant sur un torrent déchaîné, une montgolfière volant au-dessus d'un désert de sable. Parfait pour une petite fille.

Je finis par le fleuriste. Évidemment, j'ai fait mes recherches avant de venir. En tapant dans mon moteur de recherche « Quel bouquet offrir pour une naissance ? », j'ai appris que je devais préférer des fleurs blanches ; des pivoines ou des roses par exemple. J'ai cherché à savoir lesquelles étaient les plus chic (je soupçonnais les roses d'être un peu communes et les pivoines plus distinguées), sans parvenir à trouver de réponse définitive à ma question.

Je déteste prendre conseil chez le fleuriste. Je refuse de montrer que je n'y connais rien, que je ne sais pas distinguer une violette d'une pensée, que je serais bien incapable de reconnaître une jonquille, un iris ou une jacinthe si on me le demandait. Je préfère donc me renseigner avant. Les femmes sont censées savoir ce genre de choses. Louise, elle, n'aurait jamais eu besoin de conseils pour choisir son bouquet. Elle aurait déambulé le sourire aux lèvres, s'arrêtant de temps en temps pour sentir une fleur, puis elle se serait tournée vers la vendeuse et aurait affirmé d'une voix claire: « Vous avez une très belle boutique. » À un moment, elle aurait stoppé net, surprise et émerveillée à la fois: « Oh vous avez de nouveau du chèvrefeuille, j'adore! Cette odeur me rappelle mon enfance! Je vous en prends quelques branches – avec peut-être deux ou trois roses! » Moi je n'ai pas grandi dans une maison où les bouquets de chèvrefeuille embaumaient le salon. Alors j'en dis le moins possible. Le secret, c'est de ne poser aucune question. Je ne demande ni à quelle fréquence il faut changer l'eau, ni s'il faut recouper le bout des tiges une fois chez soi.

Mes doigts manucurés, mes cheveux brillants et mon imposant solitaire à l'annulaire m'insufflent enfin le courage nécessaire pour m'adresser à la vendeuse. Pour me donner un air important, je glisse même que je suis pressée (c'est faux), demande un bouquet de pivoines après avoir hésité avec des lys. Je trouve ces derniers très beaux, mais je ne connais pas leur signification:

ils sont bien blancs, mais que faire si ce sont des fleurs de condoléances ? Avec des pivoines roses et blanches, conformément aux recommandations du site que j'ai consulté tout à l'heure, je ne prends aucun risque.

La fleuriste prépare le bouquet sous mes yeux en commentant à voix haute :

– En ce moment, avec la saison des mariages, les pivoines sont à l'honneur ! Elles font de si beaux bouquets. C'est vraiment l'une de mes fleurs préférées, ajoute-t-elle le visage concentré, entre deux coups de ciseaux experts.

Je me décompose.

– Ce n'est pas pour un mariage… C'est pour une amie qui vient d'avoir un bébé…, dis-je en bafouillant, les larmes aux yeux. Je me suis trompée de fleurs. J'ai dû confondre les pivoines et les pâquerettes.

La fleuriste lève ses grands yeux verts sur moi et me sourit avec bienveillance pour la première fois.

– Les pivoines feront aussi un très beau cadeau de naissance. Ce sont les fleurs des événements heureux, ce sera parfait pour votre amie ! Ne vous en faites pas.

Je me dépêche de payer, humiliée. Une fois dans la main, le bouquet me semble tout à coup beaucoup trop gros. On dirait celui d'une jeune mariée à la robe meringuée. Il n'a rien de l'élégance de Louise. Les bouquets trop imposants ne font pas du tout raffinés – je m'en rends compte maintenant, et j'hésite à jeter quelques fleurs à la poubelle pour arriver avec un bouquet un peu plus délicat et un peu moins *jeune fille en fleurs*. Mais quand je tourne au coin de la rue, mon mari m'attend déjà devant l'immeuble.

– Tu as fait quelque chose à tes cheveux ? me demande-t-il en m'embrassant rapidement. (Quand se décidera-t-il à m'embrasser vraiment ? En dessous de deux secondes, ce n'est pas le baiser de quelqu'un d'amoureux.) J'évite sa question, mais il insiste :

– Ta robe est superbe, elle est nouvelle ? Tu es sublime, ma douce.

Mal à l'aise, je change de sujet tout en cherchant le nom de nos amis sur l'interphone.

Quand nous arrivons, leur appartement est légèrement plus en désordre qu'à l'accoutumée. Nous apercevons leur petite Violette endormie dans son berceau. Mon mari et moi nous retrouvons face à deux jeunes parents aussi épuisés qu'épanouis.

Nicolas et Louise vivent dans un impressionnant appartement que nous n'aurions jamais pu nous payer. Mon mari envie beaucoup son ami d'enfance, moi non. Je préfère notre maison. Je préfère notre vie. Nicolas a eu de nombreuses aventures et compagnes avant de rencontrer Louise, il s'est marié pour la première fois l'année dernière, il touche un gros salaire grâce à un poste haut placé dans la finance, il voyage souvent et loin, il va voir les pièces des metteurs en scène en vogue, il dîne dans des restaurants qui viennent d'ouvrir et dont nous n'avons jamais entendu parler. En un mot, Nicolas est libre, et cela se concrétise ainsi : il habite un duplex moderne en plein centre-ville alors que mon mari habite dans une maison bourgeoise en périphérie ; et pour ça, mon mari m'en voudra toujours un peu.

Louise me remercie pour les fleurs. Je la suis à travers l'appartement pendant qu'elle se met en quête d'un vase. Le premier qu'elle trouve est trop petit. Je m'excuse, honteuse. Louise rit et me remercie une nouvelle fois pour « ce très beau bouquet », mais je crois saisir un brin d'ironie dans sa voix. Elle finit par déposer les pivoines sur le buffet du salon. Au milieu de la décoration moderne et minimaliste, ce gros bouquet pastel est ridicule.

Louise est sublime dans sa longue robe noire, et je ne peux pas m'empêcher de lui faire remarquer que cette couleur et cette coupe lui vont bien. Je m'en veux au moment même où les mots sortent de ma bouche. C'est un travers que je tente de corriger depuis des années : je commente systématiquement un collier, une tenue, un rouge à lèvres ou un parfum qui me plaisent (il faudrait que je me contente de me renseigner discrètement pour savoir d'où ils viennent et acheter les mêmes plus tard). J'ai toujours éprouvé une admiration démesurée pour les femmes de mon entourage, et le leur faire sentir me place insidieusement en infériorité par rapport à elles. Il faut que j'apprenne à ne pas le faire. À moins le faire. Louise me remercie, mais ne me retourne pas le compliment. Dans les milieux bourgeois, on se complimente peu.

Je me rassure en passant méthodiquement en revue toutes les raisons pour lesquelles je n'ai pas à m'inquiéter : mes ongles sont impeccables, mes cheveux sont parfaits, ma tenue est élégante. Je le sais parce que je n'achète que des vêtements que j'ai vu portés par des femmes au style irréprochable, ou dans des boutiques assurément fiables. La nouvelle robe que je porte ce soir ne fait pas exception : noir et blanc, en soie, faussement simple et faussement sage, parfaitement coupée, aperçue cette saison à un cocktail. Pour mes vêtements, je préfère ne prendre aucun risque, et j'y mets le prix qu'il faut sans sourciller. Je respire et tape doucement au creux de mon poignet avec deux doigts pour retrouver mon calme (une technique que m'a enseignée une sophrologue pour ralentir mon rythme cardiaque) tout en récitant dans ma tête ces phrases qui m'apaisent : *Mes complexes ne transparaissent pas sur mon visage. La vision que j'ai de moi n'est pas ce que perçoivent les autres. Tout va bien, je suis à ma place.*

Et puis, j'ai la beauté pour moi. De ça, je n'ai jamais pu douter. Objectivement, je suis plus belle que Louise. Je détaille ses défauts d'un regard : je suis plus grande et plus mince qu'elle, mes traits sont plus fins. Quand elle se déplace avec grâce à travers son grand appartement immaculé et que sa robe flotte à chacun de ses mouvements, oui, on pourrait penser que Louise est belle. Mais si on s'approche pour la regarder plus attentivement, on remarque assez vite que son visage n'est pas si gracieux (son nez, surtout) et qu'elle a quelques kilos en trop (c'était déjà le cas avant et sa grossesse n'a rien arrangé). Sa beauté apparente ne résisterait pas à une tenue moins sophistiquée et à un appartement en banlieue à la décoration douteuse. Louise n'est pas vraiment belle : elle paie pour être jolie.

Ce n'est pas mon cas. Mes parents auront au moins eu la courtoisie de me transmettre un patrimoine génétique avantageux à défaut de m'avoir légué quoi que ce soit d'autre. On me complimente sur ma beauté depuis l'enfance. Adolescente, dans les allées du centre commercial de mon quartier populaire, sans maquillage, avec un jean et une vieille paire de baskets, on se retournait sur mon passage. Il paraît que je ressemblais déjà à Nicole Kidman, quelque chose dans le regard m'a-t-on souvent dit. Dans la froideur aussi, j'imagine.

Grâce à mon mari, j'ai affiné cette beauté. Je suis sortie de ma classe sociale pour adopter la silhouette sophistiquée que je rêvais d'avoir. Je maintiens mon corps sculpté avec le yoga et le tennis. J'ai appris l'élégance (qui ne repose finalement que sur un trio simple : un manteau, un sac et des chaussures hors de prix. Une fois cette sainte trinité bien maîtrisée, le reste est facile). Je sais maintenant qu'il ne faut pas poser son sac à main par terre à la terrasse d'un café, mais sur ses genoux ou sur une chaise à côté de soi ; je fais nettoyer au pressing mes vêtements fragiles ; je renouvelle mes chaussures à chaque saison ; j'ai intégré les codes d'un maquillage discret mais élégant (en porter sans jamais avoir l'air trop maquillée – assumer, seul, un rouge à lèvres carmin ou bordeaux). Je paie pour qu'on s'occupe de mes ongles. Je vais chez le coiffeur tous les mois pour que mes racines ne soient jamais visibles. J'achète des crèmes pour le visage à plusieurs centaines d'euros. Autre révélation ? Nul miracle, hérédité ou privilège de classe dans les coiffures impeccables des femmes que j'admirais tant, mais le résultat mécanique d'un brushing quotidien qui ne nécessite que deux choses : un sèche-cheveux professionnel et une brosse adaptée. Bref, c'est ainsi que je suis devenue l'une de ces femmes aux collants jamais filés, et que j'ai appris à assortir mon apparence avec la maison bourgeoise que mon mari et moi avons achetée.

– À Violette !

Nous trinquons au champagne, quand mon mari (avec un ton qui ressemble à de la connivence) ajoute : « Bienvenue dans la vraie vie ! » en s'adressant à Nicolas et Louise. Je ne sais pas comment interpréter cette expression. Qu'est-ce que mon mari entend par là ? À quoi la reconnaît-on, « la vraie vie » ? Nous discutons de leur nouveau statut de jeunes parents quadragénaires, des couches et des biberons. Sa coupe à la main, mon mari raconte la période où notre fils ne faisait pas encore ses nuits, pleurant des heures entières, nous gardant éveillés et impuissants. Il rassure Nicolas, lui répète que les enfants grandissent, que le manque de sommeil, les larmes et les cris ne durent pas éternellement. Est-ce que c'est ça que mon mari veut dire quand il annonce solennellement à ses amis qu'ils accèdent à « la vraie vie » ? Est-ce pour lui synonyme d'une vie sans fantaisie et trop contraignante ? Est-ce que « la vraie vie » signifie pour lui abandonner ses rêves et renoncer à sa liberté ?

Mon mari garde donc un souvenir pénible des mois qui ont suivi la naissance de notre fils. Moi, je repense encore avec émotion à mon mari le berçant précautionneusement, ses mains immenses sur le corps minuscule du bébé, notre soulagement quand il trouvait enfin le sommeil, nos rires nerveux et complices le lendemain matin alors que nous n'avions dormi qu'une poignée d'heures à nous deux. Ces souvenirs avec mon mari me sont d'autant plus précieux que nous vivions quasiment en autarcie tous les trois à ce moment-là. Par chance, nous ne pouvions pas recevoir de visites ni sortir de chez nous car notre fils, né prématuré, avait un système immunitaire fragile. Une vraie bénédiction pour notre couple.

Avant de passer à table, Nicolas et Louise nous montrent les premières photos de Violette soigneusement collées dans un album, avec une jolie phrase et une date en bas de chaque page pour fixer le souvenir. Comme Louise, j'ai moi aussi commencé à me constituer un album quand j'ai rencontré mon mari, avec les lieux et les années inscrits au stylo plume. Les photos de mes voyages et de mes amis avant lui n'y figurent pas. Mon mari marque le début de ma vie digne d'être archivée.

– Je ne comprends vraiment pas qu'on puisse refuser d'allaiter son enfant ! Ça n'a pas de sens ! lâche Louise juste avant de passer à table.

C'est sa franchise qui la caractérise le plus. Une brutalité à laquelle je suis habituée, qui pourtant me laisse toujours sans voix. Louise tient des propos qui, mis dans une autre bouche que la sienne, pourraient blesser. Mais une bienveillance profonde rend toutes ses paroles inoffensives. Son sourire désarme ses mots. J'ai refusé d'allaiter mes enfants, et Louise le sait, malgré tout elle juge que cela n'a aucune importance et qu'il n'y a pas de raison que je le prenne mal : elle donne simplement son avis. Je me souviens du jour où Louise m'avait dit : « C'est fou comme je déteste le vert ! Ça me rappelle ma mère ! » quand je portais une robe de cette couleur – sans y voir le moindre problème.

Louise se montre fantasque, bruyante et franche ; pendant que Nicolas reste élégant, contenu et prévenant (ce soir, ils sont tous les deux très exactement eux-mêmes). Nicolas est de ces personnes qui font l'effort de faire un pas dans votre univers. Toutes ses questions montrent qu'il s'intéresse, et qu'il pense parfois à moi, en mon absence. Il me demande où en est mon travail avec mon éditeur, comment se passent mes cours, si j'ai lu la saga de ce romancier new-yorkais qu'il vient de découvrir et si je trouve que la traduction en est bonne.

Nicolas est aussi réservé que Louise est sociable. Louise est aussi indélicate et brusque que Nicolas est attentionné et attentif. Elle est solaire. Il la tempère. Ensemble, ils se complètent comme deux pièces de mécanique qui s'emboîtent tout à fait, un engrenage parfaitement huilé où les différences sont autant de complémentarités qui rendent le mouvement possible. Je crois que c'est aussi ce qu'on nomme parfois « alchimie ».

La table est vite encombrée de plats, de pain et de vin. Le repas est excellent. J'apprécie d'autant plus ce dîner que je déteste recevoir. Je ne sais jamais quoi préparer, il me faut des semaines avant de me décider. Heureusement c'est mon mari qui s'occupe de choisir le vin, ce dont je serais bien incapable. Je pourrais acheter la bouteille la plus chère chez le caviste, mais même ainsi je risquerais d'être ridicule : on ne sort pas un vin à plusieurs centaines d'euros pour un barbecue entre amis. Dans ma vie, le mauvais goût est toujours resté un péril constant, car j'ai vite compris que l'argent de mon mari ne m'achèterait ni l'élégance ni les bonnes manières.

Mes mains sont toujours apparentes (jamais sur mes genoux). Je fais passer les plats par la gauche. J'attends que Louise me le propose avant de me resservir du poisson. Je laisse Nicolas remplir mon verre de vin. Je ne reprends pas de fromage. Le repas se termine, mes couverts sont parallèles sur l'assiette, ma serviette posée sur la table, j'ai pris soin de ne pas la replier. Ces règles je les connais, je les ai consciencieusement apprises, cela fait quinze ans que je les applique. J'arrive même à les respecter avec un semblant de naturel, comme si je n'avais pas à y penser.

Quand j'ai rencontré la famille de mon mari, j'ai senti qu'il y avait certains codes que je ne maîtrisais pas, sans pour autant être capable de les identifier. J'avais assisté à une scène troublante. La sœur aînée de mon mari, mère d'un petit garçon d'une dizaine d'années, le réprimandait, sans que je comprenne l'objet de son sermon. Je ne l'ai saisi que plus tard. Il s'agissait d'un premier avertissement pour un rire un peu trop bruyant, suivi d'un blâme pour ses coudes posés sur la table. Et puis, il y eut cette phrase saisie au vol : « Je vais t'acheter le manuel de savoir-vivre de Nadine de Rothschild si tu continues ! » Je pensais que c'était une façon de parler, mais j'ai découvert que ce livre existait bel et bien. Je l'ai acheté quelques semaines plus tard et un univers parallèle s'est ouvert à moi. Un monde où les plats tournent toujours dans le sens des aiguilles d'une montre.

Le manuel entre les mains, j'ai compris que le malaise que j'avais ressenti dans la famille de mon mari avait un fondement rationnel – ce n'était pas une vue de mon esprit ou un manque de confiance en moi : j'avais effectivement commis des erreurs impardonnables. J'avais enlevé mes chaussures en arrivant (je pensais bien faire, c'est ce que mes parents m'avaient toujours appris), je m'étais resservie deux fois du chocolat au moment du café (par gourmandise cette fois). J'avais même saucé mon assiette avec un morceau de pain en utilisant mes mains et non ma fourchette (même si, je l'ai appris plus tard, l'idéal est de ne pas le faire du tout). Alors dans un nouveau carnet j'ai pris des notes classées thématiquement : dîners, cadeaux, postures. Je me suis promis d'apprendre chacune de ces règles par cœur. Et Nadine de Rothschild m'a donné l'éducation que je n'avais jamais reçue.

Pendant le repas, Nicolas n'arrête pas d'appeler mon mari par un surnom qu'il est le seul à lui donner depuis l'enfance. Cette identité à laquelle j'ai du mal à l'associer me trouble. Je suis plus troublée encore quand Nicolas m'apprend sur mon mari un détail que j'ignorais. L'idée que Nicolas l'ait connu à une époque où je ne l'avais pas encore rencontré me donne le vertige. Plus généralement, que mon mari existât avant de me rencontrer me paraît irréel et même révoltant.

Quand Louise et Nicolas se mettent à nous raconter leur voyage de noces, tout mon corps se raidit. C'est un sujet que je préfère éviter. Louise fait défiler des paysages qui m'intéressent peu (a-t-on déjà pris plaisir à regarder les photos de vacances des autres ?), et qui me rappellent un souvenir pénible que je préférerais oublier.

Car mon mari avait eu la bonne idée de tomber malade pendant notre voyage de noces. « Comment peut-il me faire une chose pareille ? » : c'est la question que je ne cessais de me poser dès que je croisais son visage livide. Une grippe l'avait cloué au lit pendant sept jours. Mon mari n'avait même pas eu le bon goût d'attraper une maladie tropicale, un mal local aux symptômes impressionnants, quelque chose qui aurait pu se transformer en une anecdote cocasse ou dramatique à raconter à notre retour. Cette semaine-là, j'avais erré seule dans les couloirs de l'hôtel, j'avais bu des cocktails au bar et je m'étais laissée draguer par un homme marié. J'avais dit à mon mari que j'avais rejoint le groupe de randonnée de l'hôtel pour aller explorer l'île avec un guide. En réalité, je n'étais allée à aucune de ces sorties. Quel intérêt pouvait bien avoir cette excursion de huit heures autour d'un volcan si mon mari n'était pas avec moi pour le voir ? À quoi bon marcher le long de cette mer très plate et très bleue s'il ne marchait pas à mes côtés ? Pourquoi rester sur cette île trop lointaine et trop chaude si j'étais seule sur la photo ?

Le lundi suivant, mon mari était tout à fait remis. Nous sommes allés nous promener tous les jours qui ont suivi et j'ai trouvé l'île sublime. J'y ai découvert les plus beaux paysages qu'il m'ait été donné de voir. Mais aujourd'hui encore, dès qu'il est question de voyage de noces, je continue de ressentir une vive rancœur envers mon mari qui m'a gâché la moitié de ce moment magique. Un voyage de noces idyllique m'aurait peut-être donné la force nécessaire pour affronter les premiers mois de notre mariage.

Juste avant le dessert, nous reparlons de l'anniversaire de mon mari il y a un mois (enfin un sujet de conversation *a priori* inoffensif). Nous convenons tous les quatre que la fête était une réussite. Puis mon mari raconte une anecdote survenue en fin de soirée alors que Nicolas et Louise étaient partis rejoindre leur nourrisson : une panne d'électricité, la salle plongée dans le silence et le noir, les invités qui se remettent à chanter, l'alarme de sécurité qui retentit à cause de la coupure de courant.

– Heureusement, grâce à la lumière de nos téléphones, on a rapidement trouvé où était le boîtier de l'alarme… Et on a même deviné le code. On s'est dit que ça devait être quelque chose de simple… Et c'était bien 1234 !

Mon mari est un très bon conteur, c'est même l'ingrédient principal de son charisme : il raconte si bien les histoires qu'il est facile d'imaginer les invités alcoolisés surpris par l'alarme stridente, mon mari qui part à la recherche du boîtier, qui devine le code, qui prend la situation en main avec humour et courage. Nicolas et Louise l'écoutent, amusés ; moi non. Mon mari n'a pas prononcé une seule fois mon prénom. Je suis absente de son récit, effacée. Il dit « on », et le choix de ce pronom me gêne (j'ai fait assez de commentaires de textes dans ma vie pour savoir que ce n'est pas anodin). C'est à la lumière de *mon* téléphone que nous avons trouvé le boîtier. C'est *moi* qui lui ai suggéré qu'une salle de location devait probablement choisir un code facile à retenir. C'est *moi* qui ai tapé 0000, puis 1234. Pourquoi ne le mentionne-t-il pas ?

Mon mari conclut en remerciant Nicolas et Louise d'avoir participé au cadeau d'anniversaire. D'ailleurs, il porte sa nouvelle montre ce soir. Mais il n'a pas un mot pour moi qui ai organisé la surprise, lancé les invitations, réservé la salle, déposé la caution, choisi la montre, rincé les cinquante flûtes à champagne à 4 heures du matin.

J'écoute Nicolas et Louise : ils disent « nous ». Leur grammaire est inclusive : si l'un des deux est le personnage principal de l'anecdote, l'autre n'est jamais effacé de l'histoire pour autant – son point de vue est intégré au récit (« quand je l'ai raconté à Louise le lendemain, elle a été très surprise ! »). J'observe aussi leur façon d'être ensemble. D'un regard, on imagine une égale répartition des tâches, un équilibre de leurs caractères, des défauts complémentaires. Il a une voix rassurante ; elle a un rire magnifique. Pendant que Nicolas débarrasse la table, Louise nous ressert une dernière fois du vin. À eux deux, ils forment une chorégraphie impeccable, un ballet amoureux sans accrocs. Lorsque Louise rejoint Nicolas dans la cuisine, il se penche vers elle et l'embrasse sur la bouche, la main posée sur sa hanche. Surprendre un baiser reste pour moi l'un des spectacles les plus fascinants au monde.

Une petite caméra serait facile à cacher dans leur salon. Il suffirait d'un moment seule, pendant que le couple se trouve dans la cuisine et que mon mari est allé dans l'une des chambres pour téléphoner. Je pourrais fixer un minuscule dispositif vidéo au-dessus de leur télévision par exemple. De là, j'aurais une vue plongeante sur leur canapé.

J'aimerais pouvoir observer leurs gestes une fois les invités partis. Je voudrais voir comment ils se comportent quand ils sont enfin seuls, la pudeur écartée. Je voudrais regarder leur amour au quotidien : savoir s'ils ont l'air toujours aussi amoureux quand le bébé a beaucoup pleuré, que la fatigue s'installe, que les soucis s'accumulent ou que l'un d'eux tombe malade.

Est-ce qu'ils s'embrassent intensément ou du bout des lèvres ? Est-ce qu'il existe, chez eux aussi, des soirées sans baisers avec la langue ? Est-ce qu'ils se touchent sans arrêt ou est-ce que leurs corps sont distants quand ils regardent la télévision ? Combien de temps se parlent-ils chaque soir et de quoi ? Échangent-ils des mots d'amour chaque jour, chaque semaine ou chaque mois ?

Les observer me permettrait de comparer leur amour au nôtre. Je pourrais déterminer si mon mari et moi nous embrassons beaucoup ou peu, jauger l'intérêt et la profondeur de nos conversations quotidiennes par rapport aux leurs. Armée de ces données à la fois quantitatives et qualitatives, je pourrais ainsi évaluer si notre vie de couple est normale ou glaciale.

Nous terminons le repas accoudés aux fenêtres, dans la fumée des cigarettes et l'arôme du vin rouge. Nous décidons de prolonger la soirée avec un jeu de société. À un moment de la partie, il faut associer chaque joueur à un fruit que l'on doit ensuite faire deviner à son équipe.

C'est alors que mon mari choisit pour moi la clémentine. J'essaie de ne pas laisser voir à quel point je suis blessée. Cherche-t-il à me taquiner ou à me faire réagir ? Je le questionne d'un ton léger, sans insister. Il me répond qu'il ne saurait pas expliquer pourquoi il a choisi ce fruit pour moi, mais qu'il me va bien. Et mon mari se lève dans la foulée pour se resservir du vin. Est-ce une coïncidence ou fuit-il la confrontation ?

Je connais mon mari. Je connais la finesse de son regard. Je connais sa perspicacité et la justesse de ses associations d'idées. Je connais la facilité avec laquelle il arrive à croquer une personne en une ou deux formules. Je dois me rendre à l'évidence : l'homme avec qui je suis mariée depuis plus de dix ans pense que je suis une clémentine.

Pour Louise, mon mari choisit l'ananas. Sous mes yeux, il associe la femme de son meilleur ami à un fruit estival et exotique, acidulé et généreux. Il la mêle à l'Amérique latine et sous-entend, j'en suis sûre, qu'il n'est pas insensible à la chair juteuse de cette plante tropicale.

Mon mari considère donc que son meilleur ami est marié à un ananas, tandis que lui a épousé une clémentine. Il vit avec un fruit d'hiver, un fruit banal et pas cher. Un petit fruit ordinaire qui n'a ni la gourmandise de l'orange ni l'originalité du pamplemousse. Un fruit ordonné en quartiers, pratique et facile à manger, prédécoupé, prêt à l'emploi, fourni dans son emballage.

Bien que mon mari ait bu plus que moi, je refuse de prendre le volant au retour. Je ne suis pas en état de conduire, je suis bien trop contrariée par l'incident de la clémentine. Je voudrais des explications, mais je suis encore trop bouleversée pour évoquer le sujet frontalement. Même les lumières noires et blanches de la ville à travers la vitre ne parviennent pas à m'amadouer. Je ne prononce pas un mot du trajet.

Nous retrouvons Zoé endormie sur le canapé tandis que la télévision projette des ombres inquiétantes sur son corps. Elle habite dans la ville voisine, mon mari propose de la raccompagner en voiture. Je refuse.

– Je t'appelle un taxi, Zoé, je réplique, catégorique.

Mon mari ne va pas s'en sortir aussi facilement. Se débrouiller pour prendre la fuite en reconduisant Zoé chez elle pour que je sois endormie à son retour. Bien trop malin de sa part. Il est hors de question qu'il aille où que ce soit. Il reste avec moi.

Mon mari sort des billets de son portefeuille pour la payer (cette vision m'a toujours émue plus que de raison, mais elle ne suffit pas à éteindre ma colère ce soir), puis il monte se coucher. Avant de le rejoindre, je prends quelques minutes seule pour noter dans mon carnet les incidents principaux survenus au cours de la soirée : son récit négatif des premiers mois de notre fils, l'anecdote de sa soirée d'anniversaire où il ne me mentionne pas. Et surtout, la clémentine. Une ligne au stylo plume pour consigner sa trahison au goût amer de fruit de supermarché.

J'écris régulièrement dans ce carnet pour donner du sens à ce que je vis. Ce n'est pas un journal intime à proprement parler. Je ne rédige rien. Tout tient en une ligne ou deux, et le remède à mon angoisse ou à ma colère m'apparaît, limpide. C'est une drôle d'habitude dont je n'ai jamais parlé à personne, mais écrire me fait du bien. J'ai un autre carnet que je cache au même endroit, à plat derrière les livres de la bibliothèque. Un carnet vert, où je recopie des idées et conseils lus dans des magazines, où je prends des notes sur des articles piochés sur Internet.

Je remets mon carnet à sa place, derrière une série d'épaisses encyclopédies. Je suis toujours humiliée et furieuse, mais au moins je sais quoi faire. Écrire me donne toujours la solution.

Quand je rejoins mon mari dans la chambre, j'ouvre la fenêtre comme pour agrandir l'espace entre nous. Je lui demande si, pour une fois, nous ne pourrions pas laisser les volets ouverts. Il refuse. La lumière et le bruit de la rue l'empêchent de dormir. Surtout, il ne comprend pas cette soudaine remise en question de ce qui s'est instauré comme une évidence entre nous depuis des années : nous dormons les volets fermés.

Je lui ai donné une occasion de se rattraper pour la clémentine, de prouver qu'il est capable de faire un effort, qu'il n'est pas étranger aux compromis. Il n'a pas saisi cette chance. Tant pis pour lui. Je me retiens de lui dire que je l'ai vu continuer à dormir ce matin alors qu'un rayon de soleil venait de se poser sur lui. Si seulement j'avais le courage de le confondre : « Je sais que ce n'est pas vrai, mon chéri, tu dormais parfaitement bien avec les rideaux ouverts – épargnons-nous un mensonge aussi absurde, c'est ridicule. »

Assise au bord du lit, j'essaie de rester immobile, quand tout à coup deux larmes font le tour de mon visage pour se rejoindre en dessous de mon menton. Elles tracent un chemin transparent en forme de cœur depuis mes yeux en passant par mes joues.

Il existe deux sortes de larmes que j'ai réussi à distinguer au fil des années. D'abord, les larmes de frustration ou de rage. Des larmes violentes, sévères, de couleur rouge. Elles ne coulent pas, elles jaillissent. Il est facile de les reconnaître car elles laissent derrière elles des visages bouffis et des yeux gonflés. Ce sont les larmes qui me viennent quand les enfants sont chez leurs grands-parents pendant les vacances scolaires, que j'ai préparé le dîner, que je me suis préparée, et que mon mari appelle pour me dire qu'il rentrera tard à cause d'un dossier urgent à finir au travail. Je raccroche et je pleure de rage. Je déteste m'habiller pour rien.

Et il y a, comme ce soir, les larmes de tristesse. Elles ne coulent pas non plus, elles débordent. Après plusieurs jours de tristesse continue et diffuse, elles se mettent à glisser le long du visage en silence, les unes après les autres. Ce sont des larmes glacées, peu nombreuses et que j'imagine d'un bleu très clair, presque transparent. Elles jouent un rôle de bouclier : ces larmes protectrices déposent un pansement mouillé sur la joue. Il suffit ensuite de les effacer d'un revers de la main.

J'ai à peine séché mes deux larmes transparentes que j'entends la respiration de mon mari ralentir. Comment peut-il trouver le sommeil après ce qu'il m'a fait ce soir ? Il met dans son sommeil une énergie et une bonne volonté que je rêverais de le voir mettre dans notre couple.

Pendant que mon mari s'endort avec une facilité révoltante, je vois notre mariage défiler devant mes yeux. À cet instant, j'en suis intimement persuadée : c'est fini. Notre couple n'est plus le lieu d'aucun amour. Après quinze ans de vie commune, je crois que je mérite autre chose que d'être comparée à une vulgaire clémentine. Mon mari va me quitter. Toutes les images du film sont déjà là : les papiers du divorce que je signe sur un coin de table les yeux rougis par les larmes, mon déménagement dans un deux-pièces minuscule et sombre, l'impossibilité de retrouver un homme passé quarante ans, les soirées à m'occuper seule d'enfants dont je n'ai jamais voulu.

Il faut que je sorte du lit. Tremblante, je bois un verre d'eau dans la cuisine. J'enlève mon solitaire que je dépose dans l'entrée, à côté du pot en céramique où nos clefs dorment enlacées. La bague bien en évidence sur le meuble en bois, l'objectif est clair : le faire réagir.

Quand je trouve enfin une position confortable dans le lit, tout mon corps se met à me démanger. C'est tous les soirs la même chose. Au moment de m'endormir, mon corps me démange : la tête, les cuisses, les coudes, la nuque, le ventre. J'ai consulté des médecins, un dermatologue, un homéopathe. J'ai cherché à traiter un problème de peau ou de transpiration. J'ai envisagé la présence de punaises de lit. J'ai fait vérifier le taux d'humidité dans la chambre. J'ai changé cent fois de lessive, pensant être allergique à un parfum ou à un composant.

Mon corps me démange, je tente de penser à autre chose. Mais une question m'obsède : pourquoi la clémentine ? Si seulement je pouvais revivre ce dîner, réécouter le déroulement de la soirée pour comprendre comment on a pu en arriver là. Je sais qu'on est mardi, le jour des conflits, mais la clémentine reste une déclaration de guerre particulièrement véhémente.

Le temps passe mais je n'ai aucune idée de l'heure puisque les volets clos et les rideaux tirés m'empêchent d'apercevoir le jour qui paraîtra bientôt. Je suis à la fois exténuée et incapable de dormir. Pendant ce temps-là, mon mari continue à profiter d'un sommeil égoïste. À cet instant précis, je le déteste. Je n'ai plus d'autre solution. Je pousse un cri en simulant un cauchemar. Il se réveille en sursaut. Je bredouille d'une voix faussement ensommeillée que je suis désolée, un mauvais rêve, et je me retourne de mon côté du lit. J'espère que mon mari n'arrivera pas à se rendormir et que son insomnie lui laissera tout le temps nécessaire pour réfléchir à sa trahison. C'est important qu'il s'interroge : comment a-t-il pu réduire sa propre femme au rang de vulgaire clémentine ? Et pourquoi pas une banane ?

Mercredi

Je suis de mauvaise humeur. Le mercredi est une journée orange, comme la clémentine. Depuis ce matin, plusieurs objets aux teintes orangées me narguent déjà : ma crème de jour à la mandarine, le bracelet de ma montre, les carottes râpées pour le repas de ce soir dans le frigo.

J'ai passé la nuit à répertorier et à classer tous les fruits qui me venaient à l'esprit. Je suis arrivée à la conclusion suivante : j'aurais aimé être une pêche, une mûre ou une cerise. J'ai détesté être une clémentine, mais je n'aurais pas non plus apprécié être une poire, une banane ou du raisin.

– Tu as oublié ta bague hier soir en rentrant, elle était en bas à côté des clefs ! fanfaronne mon mari en me tendant mon solitaire (objet si bien nommé : je ne me suis jamais sentie aussi seule que depuis que je suis mariée).

Sa naïveté m'est insupportable. Mon mari est tellement certain de mon amour que même ma bague posée en évidence sur le meuble de l'entrée ne lui est pas apparue comme une menace. Mais dans quel monde vit-il ?

Même si l'incident de la clémentine ne s'était pas produit, nous n'aurions jamais dû accepter l'invitation de Nicolas et Louise. Ce dîner n'avait aucune raison d'être. Quand je suis avec mon mari, je n'ai pas besoin de voir nos amis. Je n'ai pas non plus envie de rendre visite à mes parents, et mes enfants ne me manquent pas. Mon mari me suffit. Lui au contraire aime être entouré. Il s'anime au contact de la chaleur des groupes. Il aime les sorties et les rencontres. Mais sa sociabilité m'est douloureuse. Chaque nouvelle personne qui entre dans notre vie est une dilution supplémentaire de son attention, une dilution de lui, un partage qui m'épouvante. L'énergie qu'il déploie auprès des autres me blesse : elle ne cesse de me raconter que je ne suis pas assez pour lui.

Si je ferme les yeux pour me le représenter, mon plus grand bonheur ressemble à une vie restreinte à l'espace de notre maison. Mon idéal serait un tête-à-tête perpétuel avec mon mari : nous sommes tous les deux dans notre salon, nous buvons un café corsé et nous discutons pendant des heures. Parfois, je m'imagine seule sur terre avec lui. J'invente une épidémie foudroyante, une guerre nucléaire dont nous sommes les uniques survivants, une île déserte où nous échouons après un accident d'avion. Quand je pense à mon propre bonheur, il se conjugue systématiquement à deux : nous sommes seuls et nous sommes deux. Je n'y peux rien si mon paradis est le couple, le duo, la paire.

Je suis prête à partir au lycée quand mon mari m'interpelle. Il ne trouve plus son portefeuille, il va être en retard pour déposer les enfants à l'école, il ne comprend pas pourquoi il n'est pas sur le meuble de l'entrée, il était pourtant sûr de l'avoir mis là, c'est même lui qui a payé Zoé hier soir.

– Tu as regardé dans les poches du pantalon que tu portais hier ?

J'ai l'impression d'avoir vécu cette scène mille fois : mon mari qui se demande pourquoi son portefeuille, ou ses clefs, ne sont pas là où il pense les avoir laissés. Un autre jour, c'est son téléphone qu'il ne trouve plus. Ça fait des années que je lui répète de ranger ses affaires toujours au même endroit, mais rien n'y fait. J'entends mon mari qui s'agite dans la chambre, puis un silence. Effectivement, son portefeuille est bien dans la poche de son pantalon.

Ses oublis ont commencé du jour au lendemain, quelques mois après la naissance de notre fille. Mon mari a fini par prendre rendez-vous chez le médecin, déstabilisé par sa mémoire subitement défaillante. À certains moments, il avait l'impression de devenir fou. Aucun problème pendant des semaines, puis une montre qui disparaissait de la salle de bains et que l'on retrouvait plus tard dans un tiroir. Comme les scanners et les tests neurologiques ne révélèrent rien (aucune lésion cérébrale, aucune maladie dégénérative), on a tous les deux choisi d'en rire. Depuis, nous plaisantons ensemble de son étourderie : mon mari est tête en l'air ! Il est si distrait ! Il oublie tout : ses clefs, son ordinateur, son téléphone, son chargeur, la liste de courses. Heureusement, il n'a jamais laissé les enfants dans la voiture un jour de canicule ou dans le chariot du supermarché.

Les deux mains sur le volant, je suis incapable de démarrer. L'insupportable odeur fleurie de mon parfum imprègne tout le véhicule ; je baisse les vitres, mais dehors c'est la même chose, ça sent le jardin bourgeois (la bataille est perdue d'avance contre le jasmin et la rose). Je jette un coup d'œil dans le rétroviseur et remarque que je me suis trompée de foulard. Quand j'ai plongé ma main dans le tiroir tout à l'heure, j'ai attrapé celui aux motifs orange (depuis que mon mari a fait de moi une clémentine, j'ai décidé solennellement que je ne porterai plus jamais de vêtement de cette couleur), alors que je pensais avoir pris le vert. Je ne me suis pas rendu compte de mon erreur parce que je me suis habillée dans le noir.

Pendant le trajet, la longue procession des objets orangés se poursuit : une publicité pour un jus d'orange de Sicile affichée à un feu rouge – au moment où une voiture orange s'arrête à ma hauteur. Je ris nerveusement. Je déteste le mercredi, et pas seulement parce que c'est la journée des enfants. Le mercredi est surtout le jour de Mercure. Cette petite planète chaotique et pressée gouverne mon signe, la Vierge, et je suis souvent à la merci de sa trajectoire dans le système solaire. Dès qu'elle passe en rétrogradation comme en ce moment, tout se complique : problèmes pour communiquer, remises en question, émotivité exacerbée. Je déteste le mercredi et je déteste Mercure.

Mon foulard orange m'est de plus en plus insupportable. Au début, c'est une gêne légère en conduisant. Puis j'ai l'impression qu'il m'empêche de respirer quand je traverse la cour du lycée. Une fois dans la salle de classe, je suffoque tout à fait. Je l'enlève et je le jette par la fenêtre. Des élèves le piétinent en contrebas. Je ne pouvais plus supporter d'avoir, nouée autour de mon cou, la faute de mon mari : celle de m'empêcher de dormir les volets ouverts. C'est à cause de lui que je dois m'habiller dans le noir quand je me lève tôt. Tout est de sa faute. Et c'est à cause de lui que je me suis trompée de foulard ce matin.

Je me répète pour me calmer ce que ma mère m'a toujours dit : *le mariage, c'est faire des compromis.* Dormir les volets fermés, *ce n'est quand même pas grand-chose.* En plus, de nombreux couples dorment ainsi ; après tout, ce n'est qu'une question d'habitude. Et puis les scientifiques s'accordent à dire que le sommeil est plus réparateur dans le noir complet. Alors *ce n'est quand même pas grand-chose.* Mais au bout de quinze ans, peut-on encore dire que *ce n'est quand même pas grand-chose* ? 5 475 nuits, est-ce vraiment quantité négligeable ? 5 475 matins à avoir un peu moins bien dormi, est-ce que ça ne compte pas ? 5 475 matins à ne pas être réveillée par la lumière naturelle du jour, n'est-ce pas un renoncement qui mériterait que je m'en indigne ?

À cause de ces volets fermés, je dors mal. Or le manque de sommeil détruit ma santé et augmente mon risque de cancer. Je perds aussi en efficacité au travail et j'ai une conduite plus dangereuse sur la route. Quinze années à être plus irritable, à faire preuve de moins de patience avec mes enfants et mes élèves, à avoir plus de difficulté à mémoriser de nouvelles informations. Quinze années d'un sommeil de mauvaise qualité, d'une fatigue diffuse qui ralentit mon temps de réaction : si je suis témoin d'un accident ou si la maison prend feu, les conséquences pourraient être désastreuses. En plus, mal dormir fait grossir, alors que mon mari est le premier à me complimenter sur ma minceur. Ces 40 000 heures de sommeil destructrices dans le noir, qui me les rendra ? Qu'est-ce qui les compensera ?

Le mariage, c'est faire des compromis. Mais pourquoi est-ce moi qui ai accepté de m'adapter ? Il n'y avait pas plus de raison que ce soit moi qui cède plutôt que lui. Pourtant, les volets fermés se sont installés comme une évidence entre nous. La question s'est à peine posée. Mon mari peut toujours se cacher les yeux avec un bandeau, alors que moi je n'ai pas la possibilité de reproduire artificiellement la lumière de la rue dans notre chambre. En plus, hier, quand j'ai entrouvert les volets, les premiers rayons du soleil ne l'ont pas réveillé : est-ce que son sommeil est aussi léger qu'il l'affirme ? Il a un jour décrété qu'il ne pouvait dormir que dans le noir complet, mais après tout on n'a jamais essayé de faire autrement. Peut-être qu'il ne s'apercevrait même pas de la différence.

L'injustice me saute aux yeux, et même – j'ose à peine me le formuler – le mensonge. Est-ce que mon mari m'a toujours fait croire qu'il ne pouvait dormir que les volets fermés alors qu'il n'en sait rien ou, pire, que ce n'est pas vrai ? Est-ce un moyen pour lui d'asseoir sa domination sur moi ?

Plus tard dans la matinée, je ne peux pas m'empêcher d'organiser un vote à main levée dans ma classe. Je constate que ceux qui dorment dans le noir complet ne forment même pas une écrasante majorité. Mon mari ne peut donc pas se cacher derrière la supériorité numérique. Comment a-t-il pu me faire croire que dormir les volets fermés allait de soi ?

Mon mari appelle pour me dire qu'il a oublié un dossier dont il aura besoin cet après-midi. Il était pourtant persuadé de l'avoir laissé dans son cartable. C'est une pochette à rabats qui contient un contrat important. Je propose de la lui apporter au travail, nous en profiterons pour déjeuner ensemble.

De retour à la maison, je passe un long moment à composer ma tenue pour l'occasion, hésitant devant l'armoire. Je possède énormément de vêtements. Je n'en achète pas beaucoup, mais je les garde tous. Je suis incapable de trier, donner ou jeter : chaque tissu est la relique d'une époque disparue, chaque vêtement le souvenir d'un moi passé, chaque étagère une machine à remonter le temps. Cette robe à fleurs très courte achetée l'été de mes vingt ans, Adrien me l'enlève d'un geste quand nous faisons l'amour toute la journée dans sa chambre d'étudiant, dont je sors les joues rouges et des nœuds dans les cheveux. Ce jean me ramène à une époque où je cours d'un lieu à l'autre, impatiente, en retard à un rendez-vous avec mon directeur de recherche pour parler de mon mémoire, toujours en baskets pour attraper le bus 47. Ce sac, je l'ai acheté quand j'ai commencé à fréquenter l'homme qui allait devenir mon mari – c'est le premier sac à main de luxe que je me suis offert, acheté avec l'argent volé dans la caisse du restaurant où j'étais serveuse l'été. Nous sortons du cinéma où nous sommes allés voir un film d'auteur, ou bien nous allons déjeuner chez ses parents un dimanche, et ce sac me donne une assurance nouvelle. Et puis, il y a cette robe de grossesse avec ses imprimés cerise. Je me revois le pas lent, enceinte et presque à terme, le nez en l'air sous le soleil, j'ai tout mon temps et un éclair au chocolat à la main (mon obsession pour les éclairs a été si intense pendant ma première grossesse que je n'ai jamais pu en remanger depuis).

Unique persistance à travers toutes ces anciennes versions de moi-même : toujours, j'écoute Véronique Sanson dans mes écouteurs quand je marche dans la rue, et toujours, mon monde se colore de ses chansons d'amour.

Je change de chemisier, je remplace mon jean par une jupe, j'opte finalement pour une robe. Je remets du parfum, espérant qu'il libérera sa dangerosité. J'en ajoute encore, mais ça ne sent que les fleurs et le propre. Je continue à me parfumer, pulvérisation après pulvérisation, une fois, deux fois, dix fois. Mais aucun poison, aucune passion ne surgit de ce flacon hors de prix. J'ai du mal à respirer, la rose collante et entêtante est partout sur mon corps ; je suis bonne pour retourner me laver. Je fracasse le flacon de toutes mes forces contre le sol.

En ramassant les bouts de verre, je me coupe le pied. Il y a un peu de sang sur le tapis blanc, que je ne cherche pas à nettoyer. Cette trace rouge me plaît. Enfin un peu de vie dans cet intérieur immaculé. Avant de partir, je tache mon chemisier en soie avec de l'encre pour avoir une explication à donner si mon mari me demande pourquoi je me suis changée depuis ce matin. Je laisse la blouse tachée en évidence sur le lit pour parfaire mon alibi. Pas sûre d'arriver à la récupérer, même en l'apportant au pressing demain. C'est dommage, je l'aimais beaucoup et elle m'allait bien.

Je suis en train d'appliquer une couche de mascara quand je reçois un message de mon mari. Je le sais grâce à la sonnerie que j'ai personnalisée pour lui. Évidemment, j'ai choisi quelque chose de discret – *L'Hymne à l'amour* ne retentit pas chaque fois que mon mari m'écrit ou m'appelle, pour qui me prendrait-on ? Je ne suis pas stupide. J'ai choisi une tonalité disponible sur presque tous les téléphones, deux notes très simples (un *ré* et un *si*). Personne n'y prête attention, mais moi je sais immédiatement qu'elles sont associées à un unique contact dans mon répertoire : mon mari. Cette astuce m'évite bien des déceptions – espérer que ce soit lui, pour me rendre compte que ce n'est qu'une amie ou un proche.

Le début du message est affiché sur l'écran. Je crois à peine à ce que je lis. Il commence ainsi: « T'as vu la dernière de... » Mon mari m'écrit pour commenter l'agissement d'un homme politique dont j'ai effectivement vaguement entendu parler à la radio tout à l'heure. Je n'en reviens pas. Mon mari ne m'écrit que très rarement. Il préfère me passer un coup de téléphone rapide, comme il l'a fait tout à l'heure, pour me prévenir qu'il passera chercher le pain ou pour me demander si je peux m'occuper de déposer notre fils à son cours de clarinette. Il m'appelle souvent, mais ses messages sont rares. Et aujourd'hui, il m'écrit pour parler politique alors que nous nous retrouvons dans une heure. Cela n'a aucun sens.

J'aurais compris qu'il m'écrive pour décaler d'une demi-heure le créneau de notre déjeuner. J'aurais préféré qu'il m'écrive pour me dire qu'il m'aimait et qu'il avait hâte de me retrouver. Ou pour m'expliquer pourquoi il pensait que j'étais une clémentine. Mais ce que mon mari a à me dire sur cet homme politique ne m'intéresse pas du tout.

Alors que nous sortions ensemble depuis quelques mois, mon mari est parti voyager en Asie. La France était en pleine période électorale. Je me souviens d'un soir où il avait réussi à m'appeler depuis le téléphone de son hôtel. Nous avions peu de temps devant nous, et il avait malgré tout évoqué les résultats de la présidentielle à venir. Il me parlait avec passion de la campagne qui touchait à sa fin, du contenu des débats, de celui qu'il espérait voir devenir président. Je n'avais pas eu de nouvelles de lui depuis plusieurs jours, le manque était terrible, nous avions du mal à nous joindre par téléphone : qu'est-ce que ça pouvait bien me faire que la gauche l'emporte ou non dimanche ? Je n'étais même pas allée voter au premier tour.

J'improvise une réponse pour feindre de me sentir concernée. Je me demande surtout comment conclure mon message. J'ai envie de lui écrire : « À tout à l'heure, j'ai hâte de te retrouver mon amour. » Finalement, je me contente de :

« À tout à l'heure. » C'est sobre et détaché. C'est exactement ainsi que j'aimerais qu'il me perçoive.

Quand j'arrive au rendez-vous, mon mari n'est pas là. Je suis en avance, il n'est pas encore 13 heures. Pourtant, ma première pensée c'est qu'il ne viendra pas. Il m'a quittée pour de bon quand il s'est rendu compte que j'étais une mère peu aimante et une épouse trop exigeante. Il a pris la voiture, mis ses affaires dans deux grandes valises et loué un appartement en centre-ville dont il refusera de me donner l'adresse.

Je tente de me rassurer en me répétant qu'il n'est pas encore l'heure. La seule chose qui atténue mon anxiété est de savoir que mon mari est ponctuel : je serai vite fixée.

Je me souviens du jour où nous devions signer l'achat de notre maison, il y a un peu plus de dix ans. Nous avions rendez-vous chez le notaire un lundi à 14 h 30, pendant notre pause déjeuner. Je suis arrivée avec quinze minutes d'avance. J'ai attendu mon mari devant l'entrée en consultant nerveusement ma montre et mon téléphone. J'ai essayé de l'appeler une première fois à 14h25, une seconde fois à 14h30. Il n'a pas décroché. Mon mari n'est jamais en retard: il m'avait forcément fait faux bond. Il regrettait, il n'était pas prêt, il n'avait pas envie de cette vie-là. Je me suis décidée à sonner à 14h35, les larmes aux yeux, chancelante, prête à expliquer au notaire qu'il fallait tout annuler. Le notaire m'a accueillie avec un sourire et conduite jusqu'à son bureau où mon mari patientait. Il avait déjà commencé à parapher les exemplaires des documents que nous devions signer en m'attendant.

J'y repense souvent. Je revois mon mari, penché sur la pile de papiers un stylo à la main. Alors pour me calmer pendant que je l'attends, je me remémore cette scène avec précision, tout en me répétant à moi-même: « Il était là depuis le début. »

On pense souvent que c'est l'attente anxieuse qui crée la dépendance et alimente la passion. L'être aimé devrait être un homme marié à une autre qui ne répond plus au téléphone passé une certaine heure, qu'il est inutile de contacter le soir de Noël ou pendant les semaines creuses de l'été. La passion devrait naître de l'attente passive devant un téléphone, de la jalousie de le savoir dans son lit conjugal, de l'ignorance de la date du prochain rendez-vous.

Aux amoureux adultères, à ceux qui s'aiment à distance ou qui ne sont plus aimés, je voudrais dire que l'amour n'a jamais été une question ni d'incertitude ni d'attente, que la régularité et la réciprocité ne changent rien à l'intensité. Je voudrais leur dire que la passion peut aussi grandir dans la stabilité d'un foyer, dans l'exactitude d'une heure de retour, dans l'évidence d'un attachement, dans la répétition du quotidien. Je voudrais leur dire que le cœur peut aussi battre à heures fixes.

Il est exactement 13 heures. J'aperçois la silhouette de mon mari s'avancer au loin. Je ne porte pas mes lunettes (il me préfère sans), mais je suis certaine que c'est lui, même à cette distance (il doit être à vingt mètres, peut-être vingt-cinq). Est-ce une preuve certaine de l'amour que de pouvoir distinguer d'un coup d'œil la silhouette aimée de toutes les autres silhouettes, même quand on est myope ?

L'hyperacuité visuelle est-elle un effet secondaire connu du sentiment amoureux ? Et à quelle distance commence l'amour : quand on reconnaît la personne aimée à dix, cinquante ou cent mètres ?

Mon mari me propose de déjeuner dans un restaurant italien à un quart d'heure à pied de son bureau. Pourquoi s'éloigner autant ? Est-ce qu'il a peur qu'un collègue nous surprenne tous les deux ? Est-ce qu'il craint que quelqu'un demande devant moi des nouvelles de sa femme, révélant son infidélité au grand jour ? Est-ce qu'il a honte de me retrouver pour un tête-à-tête ? C'est vrai que ce n'est pas très viril : un déjeuner d'affaires pour discuter d'un contrat important avec le Danemark correspond peut-être davantage à l'image que mon mari souhaite donner de lui. Nous nous installons en terrasse. Je suis rassurée : s'il ne voulait pas qu'on nous voie ensemble, il aurait choisi de déjeuner en salle.

À peine assis, mon mari réclame son dossier qu'il glisse dans son cartable.

– C'est quand même pour ça que tu as fait le déplacement ! ajoute-t-il.

Je ne réponds rien, mais je ne suis pas d'accord. Je suis heureuse d'être venue quoi qu'il en soit. C'est bien dommage que mon mari soit obligé d'oublier un contrat important pour qu'on prenne le temps de déjeuner ensemble.

Quand la serveuse nous apporte la carte, sa jeunesse et sa beauté me déstabilisent. Je ne laisse rien paraître et je rationalise : cette jeune femme est très belle, mais jamais mon mari ne me quitterait pour une serveuse. Il y a cette expression en anglais, intraduisible en français : *wife material.* Quand j'ai rencontré mon mari, j'ai tout de suite su qu'il serait un excellent *husband material*, c'est-à-dire un mari potentiel. Il avait tout ce qu'il fallait – le milieu social, les bonnes études, la situation professionnelle, l'élégance. La carrure d'un mari pour moi et celle d'un père pour nos futurs enfants. Alors autant le dire franchement, cette serveuse pulpeuse n'a rien d'une *wife material.* Je ne doute pas qu'elle ferait une très bonne maîtresse. Il pourrait la retrouver quelques fois à l'hôtel, se satisfaire de sa peau très lisse, jouir entre ses seins ; mais jamais il ne la présenterait à ses parents. Jamais il ne l'emmènerait à un dîner avec des collègues, et jamais il ne lui ferait un enfant. Bref, cette serveuse ne constitue pas une menace sérieuse.

Quand elle revient prendre notre commande, je n'ai pas encore eu le temps de jeter un œil à la carte. Mon mari, lui, sait exactement ce qu'il veut : des lasagnes. Pourquoi ne choisit-il pas la viande comme d'habitude ? En quinze ans, c'est bien la première fois qu'il choisit les lasagnes. Il a aussi une question sur les desserts et le vin. Nous venons à peine de nous asseoir, quand a-t-il eu le temps de réfléchir à tout ça ? Est-ce qu'il a regardé la carte avant de venir pour se préparer à notre déjeuner (chose que je fais souvent quand j'ai rendez-vous avec lui) ? Je le sens pressé, je commande la même chose.

Je ne sais pas de quoi nous parlons, mais c'est plutôt facile. La parole, entre nous, a toujours été fluide. Je me rappelle les mots qui coulaient déjà de sa bouche vers la mienne lors de nos premiers rendez-vous. On oubliait parfois de faire l'amour tellement on avait de choses à se dire.

C'est peut-être la raison pour laquelle on ne s'est jamais beaucoup embrassés par rapport aux autres couples. Les amoureux qui s'embrassent continuellement le font souvent pour masquer leur manque de conversation : quand on a une bouche collée à la sienne, difficile d'avoir une discussion profonde sur le sens de la vie. Avec mon mari, on n'a jamais eu besoin de s'embrasser pour combler le vide – c'est en tout cas ce que je me répète pour me rassurer quand Nicolas et Louise s'embrassent dans la cuisine après notre dîner : ils ont enfin quelques instants pour échanger en privé, et au lieu de cela ils préfèrent s'embrasser. Quelle drôle d'idée.

Nos discussions sont denses. Même avec les années, elles restent riches (en vocabulaire, en références, en nuances, en métaphores), ce qui est très important pour moi. La peur du blanc n'a jamais cessé de me terroriser. Adolescente, le couple que formaient Jean-Paul Sartre et Simone de Beauvoir était mon modèle (sauf pour la non-exclusivité – le couple libre, très peu pour moi) ; je les visualisais dans des cafés, à parler pendant des heures, cigarette sur cigarette. Je fantasmais alors un mariage dont le ciment serait le ping-pong verbal et intellectuel, une union où les mots auraient le premier rôle. Avec mon mari, je m'efforce donc de finir ses phrases et de trouver sans cesse de nouveaux sujets de conversation. J'ai toujours eu si peur qu'il me trouve inintéressante.

Mon mari me parle, je ne l'écoute que d'une oreille, mais je vois qu'il me parle et cela me suffit. Des centaines de mots, de commentaires, de points d'exclamation lancés en l'air. Je prépare mes prochaines répliques pour éviter, à tout prix, le silence entre nous. Les plats arrivent juste à temps : je n'avais pas de nouvelle idée pour relancer la conversation.

Je relève le ton amical de mon mari avec la serveuse quand elle dépose son assiette devant lui. Comment expliquer cette familiarité ? Est-ce qu'ils couchent déjà ensemble ? Est-ce que c'est pour cette raison qu'il a tenu à m'emmener dans ce restaurant plutôt qu'un autre ? Est-ce que ça excite mon mari de présenter sa femme à sa maîtresse ? Quelle mise en scène perverse.

Je ne laisse toujours rien paraître. D'abord parce que je ne veux pas montrer ma jalousie (dévoiler sa vulnérabilité est toujours une erreur). Mais aussi parce que, d'un point de vue pragmatique, il y a un sujet plus important que je me sens enfin prête à aborder avec lui – la clémentine. Je dois choisir mes combats. J'attends le bon moment dans la conversation, puis je me lance :

– J'ai repensé à ce que tu as dit hier soir, pour la clémentine. Je te trouve dur ! Moi je trouve que je ressemble plutôt à une mûre, ou à une cerise.

– Tu es encore là-dessus ! répond-il en riant.

C'est un rire qui dédramatise en même temps qu'il clôt définitivement la conversation. Mon mari marque une pause et reprend une gorgée de vin (est-ce sa nouvelle manière de changer de sujet lorsqu'il est mal à l'aise ?). J'ai perdu cette bataille.

Nous venons de finir notre plat quand un homme s'approche de notre table. Je reconnais un collègue de mon mari. Il me salue, me demande comment vont les enfants. Ne pourrait-il pas poser cette question à mon mari le lundi matin à la machine à café ? De nous deux, pourquoi est-ce toujours moi qu'on interroge sur notre vie domestique et nos projets de vacances ?

Je suis troublée par cet homme qui côtoie mon mari tous les jours au travail. Il le connaît en tant que responsable, tuteur et collaborateur. C'est un aspect de sa personnalité auquel je n'aurai, moi, jamais accès. Mon mari est-il plutôt apprécié, admiré ou craint ? Je me demande comment il interagit dans un contexte professionnel, quelle énergie il dégage en dehors de la maison, sans femme et sans enfants. Je me demande comment il est quand je ne suis pas là pour le voir.

Mon mari lui propose de se joindre à nous pour le dessert (je prie pour qu'il ne gâche pas notre tête-à-tête ; il doit entendre mes prières car il décline poliment). Avant de s'éloigner, il interpelle mon mari une dernière fois en l'appelant « Arlequin ». Il comprend à mon regard interloqué que je ne suis pas dans la confidence et m'explique que l'équipe de mon mari s'est mise à le surnommer ainsi depuis qu'ils se sont rendu compte que c'était lui qui mangeait tous les petits bonbons multicolores laissés à disposition dans leur cuisine commune. Parmi les friandises, fruits et boissons que la société offre à ses employés, c'est donc de ces bonbons que mon mari raffole. Cette anecdote, à première vue sans gravité, me déstabilise. C'est une gourmandise que je ne lui connaissais pas. Mon mari préfère le salé.

Au moment de payer, je suis sensible au fait que mon mari règle spontanément l'addition. C'est peut-être un détail, mais cette petite attention transforme officiellement notre déjeuner en rendez-vous galant. Je remarque alors qu'il laisse un pourboire franchement excessif. Le ton un peu trop familier avec la serveuse, les lasagnes, le pourboire élevé : est-ce que mon mari est tombé amoureux d'une autre femme ? Puisque ça ne peut pas être la serveuse qui n'a rien d'une *wife material*, qui est cette rivale que je dois craindre ? Est-ce l'euphorie de cet amour naissant qui le fait dépenser sans compter et modifier ses habitudes ? Il y a bien sûr d'autres explications possibles aux changements que j'ai relevés dans son comportement : il est peut-être heureux de déjeuner avec moi (c'est le meilleur scénario), soulagé d'avoir retrouvé son dossier (c'est probable) ou satisfait de la météo très douce de ce début d'après-midi (c'est vrai qu'il fait bon). Mais quelque chose a changé.

Habituellement, je peux prédire le plat que mon mari commandera (tout sauf les lasagnes), le montant du pourboire qu'il laissera sur la table et la manière dont il remerciera la serveuse en partant. Je connais sa grammaire par cœur. Je connais son ton, ses intonations et sa syntaxe. Je peux anticiper ses mots (il m'est même arrivé d'anticiper ses éternuements). Je sais qu'il mange peu de sucreries. Alors comment peut-il devenir aussi brutalement un inconnu pour moi ?

Sur le chemin du retour, je pleure de tristesse. Je pleure pour la clémentine. Je pleure pour les lasagnes. Je pleure pour toutes ces blessures que mon mari m'inflige. Je pleure et les passants se retournent sur mon passage, car une si belle femme qui pleure, ce n'est pas si courant. Je pleure, et le pire c'est que je suis sûre que les larmes me vont bien. Elles doivent me donner un air d'héroïne racinienne.

Je pense souvent à Phèdre, mon amoureuse préférée de la littérature (et il y en a plein, la compétition est rude). Je relis souvent cette pièce de Racine. Le scénario tourne autour d'un seul grand axe narratif : Phèdre brûle d'amour pour Hippolyte. Mais non seulement Hippolyte est son beau-fils, mais en plus il en aime une autre, Aricie. Il oppose à l'amour de Phèdre un cœur doublement inaccessible. La situation dans laquelle se trouve Phèdre est donc simple, et son chagrin, facile à comprendre. C'est celui, universellement connu, de l'amour impossible.

Le cas est triste, pourtant je ne l'ai jamais trouvé tragique. Phèdre connaît l'objet de sa tristesse : elle aime d'un amour interdit et incestueux sans être aimée en retour. Hippolyte est son beau-fils et il en aime une autre. Il lui faut donc se résigner, mourir, oublier ou vivre avec – mais c'est une situation que Phèdre comprend très bien, un embarras communicable et clair, un problème qu'elle peut confier à sa nourrice Œnone. Phèdre n'est pas aimée et peut pleurer tranquillement sa peine.

Si je pouvais lui parler, je dirais à Phèdre qu'il est plus douloureux encore d'aimer celui qu'on possède déjà. Moi, je n'ai aucune raison d'être triste. Si je devais expliquer à un passant pourquoi je pleure, qu'est-ce que je pourrais lui dire ? Que je suis dévastée parce que mon mari pense que je suis une clémentine ? Que je m'effondre parce qu'il a pris les lasagnes ? Que je suis en pleurs parce qu'il a laissé un pourboire important ? Au fond, je sais que mes larmes n'ont aucune raison d'être. Celles de Phèdre sont limpides comme du cristal, les miennes sont monstrueuses.

Malgré nos différences, nous nous rejoignons au moins sur une chose avec Phèdre : notre refus de l'amour. Toutes les deux, nous aurions préféré ne pas aimer. Nous subissons les conséquences d'un amour trop intense et inapproprié. Aucune complaisance à être une femme amoureuse. Aucune autosatisfaction à vivre une telle passion.

Aucune indulgence envers moi-même quand je me mets dans un tel état.

J'aime. Ne pense pas qu'au moment que je t'aime,
Innocente à mes yeux, je m'approuve moi-même.

Je n'ai qu'une amie proche, Lucie. Nos filles sont inséparables depuis leur entrée à l'école, ce qui nous a rapprochées. Mon mari m'a toujours suffi, je n'avais pas besoin d'une amie, mais c'est arrivé comme ça. À l'origine, j'étais même plutôt opposée à l'idée. Je n'ai jamais su comment m'y prendre pour développer une amitié avec une femme, je n'allais pas m'y aventurer à quarante ans. Mais comme mon mari s'entendait bien avec le mari de Lucie, on a commencé à se fréquenter tous les quatre. Depuis un an, Lucie et moi nous retrouvons même tous les samedis pour jouer au tennis.

Si Lucie est devenue une amie, elle n'est pas pour autant une confidente (si je suis Phèdre, elle n'a rien d'Œnone). Le fait qu'elle connaisse mon mari rend toute discussion sincère à son sujet impossible. Car comme tous ceux qui le côtoient, elle me répète souvent que j'ai trouvé la perle rare et épousé le prince charmant.

Quand Lucie me parle de ses difficultés avec son mari Pierre, elle ponctue ses confidences par de courtes affirmations dont le sous-entendu me met mal à l'aise : « Mais toi tu ne peux pas comprendre, tu n'as pas ce genre de problèmes avec ton mari », ou encore : « Toi, ton mari ne ferait jamais une chose pareille ». Elle a l'air de le savoir : mon mari est différent du sien. Et même : mon mari est différent de tous les autres maris. Elle est si sûre d'elle que je n'ai jamais osé la contredire ni lui demander ce qu'elle entendait par là.

Depuis que j'ai rencontré mon mari, mes parents, mes sœurs, mes collègues n'ont cessé de commenter mon bonheur. Ils l'affirment tous avec assurance : « Tu en as de la chance ». On me dit que j'ai de la chance comme si j'avais gagné mon mari au loto. On se comporte avec moi comme si j'avais déjoué les statistiques et les probabilités en l'épousant. En d'autres termes, on suggère qu'il aurait pu trouver mieux.

C'est vrai. Le travail de mon mari est plus prestigieux que le mien, ses diplômes sont impressionnants, il a grandi dans une famille bourgeoise, il joue mieux au tennis que moi et il est bel homme. Pour ma part, je viens d'un milieu modeste, j'ai grandi dans un quartier populaire, je suis professeure d'anglais au lycée. Je parle et traduis une langue que presque tout le monde comprend (ce n'est pas le russe ou le persan, l'anglais ne fascine personne). Il n'y a vraiment pas de quoi briller en société. Heureusement que je suis très belle.

Mon mari aurait certainement pu faire un meilleur mariage (ma beauté ne durera pas éternellement). Cependant, je suis gênée que ce déséquilibre soit aussi évident aux yeux de tous. Je suis surtout gênée que l'on puisse en parler librement, qu'il soit socialement acceptable de m'en faire part et de me dire sans aucun embarras « Tu en as de la chance ». À ma connaissance, personne n'a jamais dit à mon mari qu'il avait « de la chance » de m'avoir lui aussi.

C'est cette inégalité entre mon mari et moi qui m'empêche de me confier à Lucie. Elle me répondrait sans doute que je me fais du souci pour rien, que mon mari est fidèle et qu'il m'aime, que c'est un mari et un père formidable. Elle me rappellerait que j'ai tout pour moi (autre expression que mes proches s'empressent d'utiliser pour qualifier ma vie). Bref, elle me dirait qu'elle ne voit pas où est le problème.

Je n'ai parlé de ma situation avec mon mari qu'une seule fois. C'était il y a quatre ans, lors de vacances à la montagne. J'avais sympathisé avec une Italienne qui logeait dans le même hôtel que nous avec son mari et son fils. C'était son premier séjour dans la station et je savais que je ne la reverrais sans doute jamais. Ce matin-là, nous nous étions donné rendez-vous à la piscine de l'hôtel. Assises au bord du bassin, les jambes dans l'eau jusqu'aux genoux, nous regardions droit devant nous comme si nous étions en train de surveiller la baignade de nos enfants alors que nous étions seules devant une piscine encore vide. En face de nous, derrière la large baie vitrée, les premiers skieurs descendaient les pistes en formant de jolies courbes sur les montagnes enneigées. Je me suis confiée à elle sans jamais croiser son regard. Elle n'a pas dit un mot et m'a laissée finir. Elle regardait droit devant elle en balançant ses deux pieds dans l'eau. J'ai prié pour qu'elle ne me réponde pas des phrases toutes faites. Surtout pas des paroles consolantes ou de la fausse compassion. Je voulais qu'on me dise quoi faire. Après quelques minutes, elle a prononcé ces paroles que je n'ai pas oubliées : « Je pense que tu te trompes sur toute la ligne. Tu ne t'es jamais dit que ton mari t'aimait plus que toi tu l'aimes ? Tu dis que tu es folle amoureuse de lui, mais ne crois-tu pas que c'est lui le véritable amoureux ? De vous deux, c'est le seul dont l'amour ait dépassé l'amour passionnel des débuts. Toi, tu vis encore dans cette phase d'obsession qui ne dure normalement que les premiers mois d'une relation. Tu ne lui fais même pas confiance, c'est comme si vous n'aviez rien construit ensemble. Alors ce n'est peut-être pas comme tu le voudrais, mais tu l'as dit toi-même : ton mari te soutient, te connaît, te respecte et t'aime. Je pense que tu as tort sur toute la ligne. C'est ton mari, l'amoureux. Pas toi. Toi, tu ne l'aimes pas vraiment. »

Ses paroles flottaient au-dessus de la piscine vide. Je n'ai rien répondu. Je me suis levée et j'ai plongé dans le bassin. Comment pouvait-elle affirmer que je n'aimais pas mon mari alors que mon problème était précisément que je l'aimais trop ? Je me suis promis de ne plus jamais me confier à quelqu'un.

Pourtant, quelque chose sonnait juste dans ses mots. C'est peut-être ce qui m'a autant blessée. Ils faisaient aussi étrangement écho au deuxième segment de ma citation préférée de Marguerite Duras : « Je n'ai jamais aimé, croyant aimer. » Je me demande même si elle n'a pas prononcé ces mots tels quels, dans l'ordre : « Tu n'as jamais aimé ton mari, croyant l'aimer. » Est-ce qu'elle aussi avait lu *L'Amant* ? Je n'ai pas osé lui poser la question.

Nous n'en avons plus reparlé jusqu'à la fin des vacances. Mais lors de notre dernière soirée à la station, j'ai cru l'apercevoir en train de chuchoter quelque chose à l'oreille de mon mari.

La portière claque, la boîte aux lettres s'ouvre, la clef tourne dans la serrure : il est 19 h 30, mon rythme cardiaque grimpe, je m'anime de nouveau. La vie reprend.

Juste avant qu'il entre, je suis allée l'observer depuis la fenêtre du premier étage pour le voir traverser l'allée fleurie et déterminer s'il avait l'air heureux ou non de rentrer à la maison. Résultat : son pas n'était pas particulièrement pressé, il ne s'est pas non plus recoiffé avant d'ouvrir la porte, mais il avait un léger sourire aux lèvres. Mon mari ne cesse de m'envoyer des signaux contradictoires.

Je m'approche pour l'accueillir. L'odeur du poulet en train de rôtir parfait cette scène que j'ai répétée plusieurs fois dans ma tête avant son arrivée. Mon mari embrasse les enfants sur le front, et moi sur la joue. Cette fausse pudeur me révolte. Ils ne sont pas stupides, ils savent bien que leurs parents s'embrassent sur la bouche, pourquoi refuser de le faire devant eux ? Que mon mari soit aussi peu démonstratif m'inquiète : qu'est-ce que mes enfants perçoivent de notre couple ? Est-ce qu'ils trouvent que leur père a l'air amoureux de moi ? Ce ne sont que des enfants, mais ils restent les témoins les plus privilégiés de notre amour. En plus, on dit souvent que les enfants sentent ce genre de choses, que ce sont de vraies éponges émotionnelles (une affaire de neurones miroirs paraît-il). J'aimerais leur poser la question, mais je n'ai trouvé aucune manière d'aborder le sujet. Nous en discuterons peut-être plus facilement quand ils seront adolescents. Est-ce que nous pourrons enfin parler d'amour et du sens de la vie à table ?

Car parmi tous les rituels de la vie en commun, la danse très réglée du repas de famille est celle qui m'ennuie le plus. Ce midi, nous étions deux amoureux attablés à la terrasse d'un restaurant : des passants auraient pu nous prendre pour deux collègues brûlant de désir l'un pour l'autre sans avoir encore osé le moindre geste, ou pour deux vieux amants (impossible à affirmer avec certitude de l'extérieur). Ce soir, en revanche, la pièce que nous jouons est sans ambiguïté : nous sommes deux parents qui dînent avec leurs enfants, en pleine représentation familiale. Je joue à la mère et lui au père. Et mon mari me manque.

Tout le monde connaît sa partition. Mon mari anime le dîner, chef d'orchestre de la conversation. On dirait qu'il se donne pour mission de faire parler nos enfants. Au moins, je n'ai pas à redouter de blancs. Il leur pose des questions, les relance, demande des précisions, les fait reformuler, veille à l'articulation cohérente de leur pensée : l'école, leurs activités, leurs apprentissages, les cours de musique, le concert de fin d'année du conservatoire. De mon côté, je leur souris avec autant de bienveillance que j'en suis capable en les écoutant parler. Car pour être honnête, ce qui se dit le soir à l'heure du dîner m'intéresse peu. Je questionne à mon tour mon mari sur sa journée, mais ses réponses sont vagues. Je n'arrive même pas à lui en vouloir. Il ne peut pas me donner les détails du dossier compliqué sur lequel il travaille, me faire partager son inquiétude concernant la santé de ses parents, ni parler sérieusement de son envie d'ailleurs : pas devant les enfants. À leur âge, ils sont assez grands pour comprendre mais trop jeunes pour que cela les concerne. Nous parlons sans que rien d'important ne se dise jamais autour de notre table, ce qui me frustre et m'ennuie profondément.

Heureusement, mes enfants sont toujours allés se coucher plus tôt que leurs camarades de classe du même âge. Je leur ai rappelé des centaines de fois l'importance d'une bonne nuit de sommeil. J'aime leur expliquer avec force détails les choses essentielles qui se jouent lorsqu'ils sont endormis : leurs muscles se relâchent et se reposent, leur cerveau intègre et trie les souvenirs de leur journée, leur imagination travaille à plein régime à leur confectionner des rêves colorés, leurs hormones de croissance se diffusent dans tout leur corps pour les faire grandir. Bref, mes enfants sont toujours allés au lit de bonne heure.

En réalité, veiller au sommeil de mes enfants est une mission bien égoïste, calquée sur mes propres besoins, dont celui, essentiel, de passer plusieurs heures en tête à tête avec mon mari chaque soir. Mais plus mes enfants grandissaient, plus je voyais l'heure de leur coucher reculer dans la soirée et, inévitablement, le temps passé seule avec mon mari diminuer. J'assistais, malheureuse et impuissante, à la transformation de notre couple en famille.

Désormais, mes enfants sont capables de lire seuls dans leur lit, mais mon mari continue de les rejoindre pour feuilleter avec eux quelques pages. Quand ils étaient petits, il leur racontait chaque soir un épisode de l'histoire des rois de France. Il commençait par les Mérovingiens, puis il passait aux Carolingiens, aux vrais Capétiens et aux Valois. Enfin, il arrivait aux Bourbons et il recommençait. Il suivait les chapitres d'un grand livre rouge aux pages usées d'avoir été tant de fois tournées ; mais ce livre n'était qu'un prétexte, le support d'un récit qu'il complétait chaque fois de nouvelles anecdotes (le bégaiement de Louis XIII, la commère de la cour de Louis XIV, l'ascension fulgurante de Nicolas Fouquet) et de questions (qui était le dernier fils de Louis IX ? De qui Diane de Poitiers était-elle la favorite ? Quelle reine a fait ériger le palais du Luxembourg ?). Ces détours dans les dates, les personnages et les batailles créaient chaque fois l'émerveillement de nos enfants. Mon mari ne leur a jamais raconté deux fois la même histoire.

Moi je n'aimais pas quand c'était le tour d'Henri IV, un infidèle notoire. Je préférais quand il racontait les aventures de Louis XV, roi médiocre il est vrai, mais qui est resté fidèle à la même femme toute sa vie. Cependant mon récit préféré se situait de l'autre côté du Rhin : celui du général Bismarck, qui a aimé son épouse avec une constance et une ferveur assez inégalées dans l'Histoire. Jamais un pas de côté, même lorsque ses campagnes militaires l'éloignaient des mois entiers de celle qu'il aimait.

Quand nous étions un jeune couple sans enfants, mon mari me lisait des poèmes de Paul Éluard après l'amour et des passages de *La recherche* le dimanche matin en buvant notre café au lit. Désormais, c'est à nos enfants qu'il fait la lecture à voix haute. La poésie du xxe siècle et Marcel Proust ont quitté notre chambre à coucher pour regagner sagement la bibliothèque du salon.

J'ai moi aussi beaucoup lu d'histoires à nos enfants quand ils étaient petits. Mais je le faisais avec moins de naturel que mon mari. Je mettais moins bien le ton et je n'ai jamais su imiter les voix des personnages aussi bien que lui. Et puis l'exercice me mettait mal à l'aise : impossible pour moi de savoir ce qu'ils comprenaient, à trois ou cinq ans, des aventures que j'étais en train de leur raconter, si j'allais trop vite ou trop doucement. Le soir dans leurs chambres, le temps me paraissait long et les livres sans fin.

Ma fille a aujourd'hui sept ans, presque huit. Quand je lui lis une histoire, j'essaie d'en choisir une où il n'y a pas de prince et où l'amour ne vient pas. Je lui achète des livres aux héroïnes indépendantes qui défient des dragons, voguent sur des navires de guerre, déterrent des ossements de dinosaures. Choisir ce genre de récits fait partie de la responsabilité douloureuse que je ressens vis-à-vis de ma fille. Je veux à tout prix qu'elle ne fasse pas les mêmes erreurs que moi.

J'aime nos enfants, c'est une évidence. Je les aime, mais il est également très clair que j'aurais préféré ne pas les avoir. Je les aime, mais j'aurais préféré vivre seule avec mon mari. Aujourd'hui, je crois pouvoir dire avec certitude que je survivrais à la mort de l'un de nos enfants mais pas à celle de mon mari.

Pourtant, lui faire un enfant m'a rapprochée de lui. Surtout au début, quand nous vivions en autarcie tous les trois. C'était un engagement à vie (je serais pour toujours la mère de ses enfants) et une connivence précieuse (les nuits difficiles étaient les mêmes pour nous deux quand les otites de notre fils nous tenaient éveillés jusqu'à l'aube). Ce petit garçon était une chose de plus que nous avions en commun, un sujet de conversation inépuisable, la preuve et la concrétisation de son amour pour moi. Mais ça n'a pas suffi pour que j'aime mon fils autant que j'aurais dû.

Quand mon mari a repris le travail et que je me suis retrouvée seule à la maison avec mon nouveau-né, je me suis sentie captive, enfermée dans un rôle de mère que je n'avais aucune envie de jouer et pour lequel je n'avais aucun talent. M'attendrir sur ce nourrisson endormi contre mon épaule n'a jamais été inné. Comme, plus tard, savoir quoi dire à nos enfants sur le chemin du retour de l'école. Rien de tout cela ne m'est venu naturellement. Je n'ai jamais réussi à adopter l'air fasciné des autres parents quand leurs enfants racontent leur journée. Je n'ai jamais réussi à m'intéresser à leurs jeux, à leurs préoccupations, à leurs amitiés. Je n'ai jamais réussi non plus à me faire à la lenteur de leurs pas; si mes enfants se déplacent désormais à une vitesse raisonnable, longtemps leur lenteur m'a exaspérée. Ma fille dans la poussette, mon fils marchant à côté de nous, et moi lui répétant sans cesse: « Tu ne lâches pas la poussette, tu la tiens toujours avec ta main » – faire le chemin entre la crèche et la maison (distance réelle : 724 mètres) me donnait l'impression de faire un Paris-Tokyo (distance perçue : 9 710 kilomètres).

J'aime mes enfants, mais leur présence me pèse. Ne pouvoir parler de rien de profond le soir à table. Devoir attendre qu'ils soient couchés pour faire l'amour avec mon mari. Compter sur les doigts de la main les week-ends que j'ai passés en tête à tête avec lui ces dix dernières années. Perdre du temps dans mes déplacements : avec eux, je marche à moins de 4,7 km/heure, alors que seule j'atteins les 6,8 km/heure. Je ne parle même pas de mon corps que j'ai vu se déformer pendant mes grossesses (heureusement, ce fut une distorsion provisoire de ma silhouette, car j'ai perdu chacun des kilos pris à ce moment-là). J'ai évidemment choisi de ne pas allaiter mes enfants : je tenais bien trop à la fermeté de ma poitrine pour leur céder une part si importante de ma féminité.

Je ne suis pas une mère assez présente, assez dévouée, assez attentive. Quand je vais chercher mes enfants à l'école, il y a toujours un groupe de parents qui discute dans un coin. Je leur adresse un signe de la main et fais mine d'être pressée, ce qui me dispense d'aller les saluer. En réalité, j'ai peur qu'ils en profitent pour me demander de tenir un stand à la fête de l'école, ou qu'ils se rendent compte au détour d'une conversation que je ne connais pas le prénom de leurs enfants alors qu'ils me demandent systématiquement des nouvelles des miens.

J'ai lu quelque part qu'il existait trois sortes de femmes : l'amoureuse, la maîtresse et la mère. J'ai trouvé cette réflexion très juste. J'ai passé mon enfance et mon adolescence à être l'amoureuse : je rêvais ma vie future dans des romans à l'eau de rose, et les seuls films que je jugeais dignes d'intérêt étaient ceux qui mettaient en scène une histoire d'amour plus ou moins contrariée et heureuse, mais toujours passionnelle. Jeune femme, j'ai continué à chercher le grand amour : être une maîtresse ne m'intéressait toujours pas – aimer sans s'engager n'a aucune saveur pour moi. Mais quand j'ai eu des enfants, je ne suis jamais passée à l'étape suivante. Je n'ai jamais changé de catégorie pour devenir une mère.

Alors je fais de mon mieux, mais la plupart du temps je suis trop occupée à être amoureuse pour être une bonne mère.

Loving is easy
When everything's perfect
Please don't change a single little thing for me

Mon mari baisse le volume pour ne pas réveiller les enfants. Le refrain répète comme pour me narguer qu'aimer est facile. Pourquoi mon mari a-t-il choisi cette chanson ? Est-ce qu'il l'a fait exprès pour souligner mon incapacité à aimer comme tout le monde ? Peut-être essaie-t-il plutôt de me montrer la voie, de me faire passer subtilement un message : regarde, aimer pourrait être facile, si tu le décidais – mais j'en doute. J'ai tendance à voir le mal partout, mais sa sélection musicale est rarement bienveillante. Et la pop anglaise inaugure souvent nos soirées les plus glaciales.

C'est toujours mon mari qui choisit la musique. C'est lui qui constitue la playlist de notre vie amoureuse et renouvelle régulièrement la bande-son de notre vie de famille. Mon mari donne le ton. D'un clic, il décide si l'ambiance sera mélancolique ou festive, militante ou romantique. Avec le temps, j'ai même appris à détecter s'il était de bonne ou de mauvaise humeur en fonction de ses choix. Il n'y a que dans ma voiture que je choisis la musique ; quand je suis seule, j'écoute les tubes qui passent à la radio, et je continue à acheter des CD pour mes trajets (en ce moment, j'écoute un musicien à taches de rousseur qui chante son divorce de façon lumineuse).

Pendant que mon mari prend sa douche, je l'attends sur le canapé. J'ai l'impression d'être un meuble moi aussi. Avec la musique en fond sonore et les magazines de décoration laissés sur la table basse pour me faire patienter, j'ai surtout l'impression d'être dans une salle d'attente.

Je feuillette *L'Amant* du bout des doigts sans le lire.

Quand mon mari me rejoint enfin, je referme mon livre. Systématiquement, quand mon mari entre dans la pièce, je pose mon roman, je coupe la radio, je lâche ma copie, j'éteins la télévision. Par réflexe, je m'arrête. Je me mets à disposition.

Mon mari lance alors un standard de jazz. Mais ce n'est pas n'importe quelle chanson. C'est la musique de notre première danse, celle du jour de notre mariage. Comment pourrais-je encore être assez naïve pour croire que ses choix musicaux sont le fruit du hasard ? Les preuves sont accablantes.

Mon mari ne s'était pas impliqué dans le choix de la couleur des faire-part et n'avait eu aucune exigence particulière pour le menu. En revanche, il avait décidé quel serait le morceau sur lequel on ferait notre première danse : « Je veux "Day by Day". » Je lui avais suggéré à la place une reprise acoustique de « Sweep me off my feet », la chanson du soir de notre première rencontre, le symbole me plaisait, mais il a refusé. Il m'a répété cent fois que « Day by Day » était la plus belle chanson d'amour jamais écrite, et je l'ai écoutée cent fois sans jamais parvenir à en percevoir la beauté.

Day by day I'm falling more in love with you
And day by day my love seems to grow

L'idée est simpliste. Preuve en est qu'elle est aussi facile à comprendre qu'à traduire :

Jour après jour, je tombe plus amoureux de toi encore
Et jour après jour, mon amour pour toi me semble grandir

Comment mon mari pouvait-il adhérer à une idée aussi dangereuse ? S'il m'aimait un peu plus chaque jour, cela signifiait aussi qu'il pourrait un jour cesser de m'aimer. Car qu'est-ce qui m'assurait que la courbe continuerait à croître de façon exponentielle ?

Moi, j'ai toujours aimé mon mari d'un amour inconditionnel. Depuis le premier jour, d'une quantité immense et égale, et sans que rien ne puisse changer cet état de fait. Je pensais, à tort, que c'était la signification que mon mari donnait lui aussi au mariage, avant de découvrir les paroles de cette chanson. La terrible vérité y était nue : son amour pour moi continuait à grandir deux ans après notre rencontre, et il trouvait cela normal d'introduire de la variation dans ses sentiments. Si mon mari pensait toujours m'aimer davantage plus tard, cela ne signifiait-il pas qu'il ne m'aimerait jamais vraiment ? Sur la piste de danse, devant nos amis et notre famille, cette citation du philosophe Pascal me revint avec terreur : « Nous disposant toujours à être heureux, il est inévitable que nous ne le soyons jamais. »

Je parcours souvent les pages de l'album photo de notre mariage, rangé tout en haut de notre bibliothèque ; suis-je la seule à y voir les deux larmes de tristesse au coin de mes yeux quand je suis dans ses bras pour notre première danse ?

Mon mari coupe la musique et allume la télévision. Je préférerais qu'on discute, mais je garde le silence. Moins d'une heure plus tôt, il souhaitait une bonne nuit à nos enfants et leur racontait une dernière anecdote dont il a le secret. Il y a mis le ton, les rires et l'affection. Mais maintenant que nous sommes enfin tous les deux, il m'apparaît entièrement vidé. Il ne reste rien de lui, il est creux comme une bouteille en plastique. Le quotidien l'épuise. Alors à défaut d'avoir la possibilité de passer le reste de la soirée seul, à se décontracter sans avoir de comptes à rendre à personne, mon mari a besoin de calme. Les soirs de semaine, je ne dois pas parler trop fort, ne pas lancer de sujets de conversation sérieux, ne pas le stimuler. L'unique mot d'ordre : le laisser se reposer.

Je le sens habitué à ma présence. Il ne s'étonne pas de me voir assise à côté de lui sur le canapé. La force de notre amour, l'improbable concours de circonstances qui a mené à notre rencontre ne lui apparaissent plus avec évidence quand je suis dans la même pièce que lui. Il ne sursaute pas quand je bouge. Il ne se demande pas si je pars pour toujours quand je vais dans la cuisine me faire une tisane. Son corps ne tend pas vers le mien pour en vérifier la réalité.

Je fais semblant de m'intéresser au film, mais toute mon attention est concentrée sur une seule mission : poser ma main sur la sienne. Je me rapproche et glisse mes doigts sous sa paume. Mais deux minutes plus tard, mon mari change de position et lâche ma main.

Ah ! do not run away yet !
Leave it, let my hand be forgotten in your hand !

« Ah ! ne t'enfuis pas déjà ! / Laisse, laisse ma main s'oublier dans ta main ! » – l'imploration de Roméo à Juliette me semble de circonstance. Shakespeare se rejoue sur mon canapé plusieurs soirs par semaine.

J'aimerais avoir le courage de me tourner vers lui pour lui crier que notre rencontre était un miracle. Lui faire comprendre que ma main dans la sienne est le plus beau spectacle qu'il ne verra jamais. Comment ai-je pu lui devenir familière aussi vite ? Après les premiers mois d'enchantement, j'ai assisté avec impuissance à tous ces rapprochements qui ne faisaient que nous éloigner davantage. Les regards émus et les gestes imprécis ont été remplacés par une douce complicité. La passion s'était éteinte pour laisser place au quotidien.

À nos débuts, notre paysage amoureux ressemblait à une étendue infinie de dunes ; il évoquait le danger de l'aridité et l'immensité du ciel étoilé, la chaleur étouffante du jour et la froideur soudaine de la nuit. Puis nous sommes devenus un lac : une étendue plate et lisse. J'ai vu mon mari s'habituer à ma présence jusqu'à ne plus la trouver miraculeuse. J'ai vu le désert se transformer en lac.

Alors que je suis en train de compter la durée pendant laquelle mon mari garde son bras contre mon genou (je suis satisfaite quand on dépasse deux minutes), il sort tout à coup son téléphone de sa poche. Est-ce qu'il s'ennuie avec moi ? Je ne comprends pas son besoin de créer un contact inutile avec l'extérieur alors que je suis à côté de lui. Comment peut-il pianoter sur son clavier en ma présence ? Qu'est-ce qui peut être, à cet instant, plus important ?

Je pense à toutes les agressions que je subis depuis lundi et qui continuent ce soir (j'avais raison, la pop anglaise n'est jamais une bonne nouvelle pour mes amours). Au fait qu'il ait sorti son téléphone alors que j'étais à côté de lui. Au fait qu'il n'ait pas reposé sa main sur la mienne et que nos corps ne se touchent plus (même pas au niveau du genou). Au fait qu'il ne me demande pas non plus comment avance ma traduction. Au fait qu'il ne me remercie pas une nouvelle fois d'être venue lui rapporter son dossier ce midi. Au fait qu'il ne me présente toujours pas ses excuses pour la clémentine. Au fait qu'il ne me propose pas de laisser exceptionnellement les volets ouverts pour la nuit. Au fait qu'il ne me dise pas que nos enfants sont merveilleux et que notre vie ensemble est une bénédiction.

Je l'imagine se tournant tout à coup vers moi ; il caresse mes jambes, on échange quelques mots affectueux pendant qu'il remonte sa main le long de ma cuisse – il me renverse sur le canapé, soulève ma robe, plaque violemment sa main sur ma bouche et son sexe entre mes cuisses humides. Je l'imagine sans difficulté, mais mon mari n'en fait rien car il est bien trop occupé à regarder la télévision.

Il change de chaîne, puis éteint. Cet unilatéralisme de la télécommande me questionne : mon mari serait-il autoritaire ? Il ne me demande pas si je veux regarder le film jusqu'à la fin. Il ne dit pas, comme les autres maris le font certainement : « On éteint ? » Il ne prononce jamais ces phrases de transition qui permettent de conclure et de passer à autre chose. Il ne dit pas : « On va se coucher ? » Ses actes se font sans préavis : il saisit la télécommande, éteint la télévision, se lève et monte se coucher. Il ne met pas de mots sur les choses. C'est à moi de comprendre.

Je suis persuadée que si je mettais une caméra dans le salon de Nicolas et Louise, ou de Lucie et Pierre, j'assisterais à un tout autre spectacle : à un moment de la soirée, l'un d'eux demande distinctement à l'autre s'il peut éteindre la télévision.

Ou bien, il prévient qu'il est fatigué et exprime son désir d'aller se coucher. Avec cette caméra, je pourrais peut-être même observer leurs corps se rapprocher une fois la télévision éteinte. Les voir s'embrasser et se toucher.

C'est alors que mon mari me dit, mot pour mot :

– C'est vraiment n'importe quoi en ce moment. Il fait un temps de mois de mars alors qu'on est déjà début juin.

Je me lève afin qu'il ne remarque pas mes larmes. Je fais bouillir de l'eau pour me refaire une tisane. Le bruit couvrira celui de mes pleurs de tristesse (même si les larmes de cette catégorie sont généralement silencieuses). Quand mon mari me parle de la pluie et du beau temps, quand il ne me prend pas la main, quand il fait de moi une clémentine, quand il ouvre les yeux pendant un baiser, je suis aussi vulnérable qu'à seize ans, qu'à six ans.

« C'est vraiment n'importe quoi en ce moment. Il fait un temps de mois de mars alors qu'on est déjà début juin » : je ne peux pas accepter que mon mari me parle météo. Je ne peux pas accepter que nous n'ayons plus rien à nous dire. Pas après tous mes efforts pour maintenir entre nous des conversations stimulantes et variées.

« C'est vraiment n'importe quoi en ce moment. Il fait un temps de mois de mars alors qu'on est déjà début juin » : j'en ai aujourd'hui la preuve. Nous étions une fusée en direction de l'espace, notre amour échappait à l'attraction terrestre. Nous ressemblons désormais à un train de marchandises, lent, lourd et monotone.

J'essuie mes larmes et cherche quelque part en moi le courage de le rejoindre dans la chambre. Je me demande souvent si mon mari fait exprès de partir se coucher en premier pour ne pas avoir à éteindre les lumières derrière lui. Pour l'ambiance lumineuse de ce soir, j'ai fait avec ce que j'ai pu trouver (trois bougies et une petite lampe), puisque la lumière principale s'est brisée sur le sol dans l'après-midi ; au moins, elle ne gâchera plus aucune soirée avec mon mari à cause de son éclairage trop agressif.

J'en profite pour écrire quelques lignes dans mon carnet. J'évoque bien sûr sa main qu'il a retirée de la mienne tout à l'heure sur le canapé et son téléphone qu'il a sorti de sa poche quand j'étais à côté de lui. De nouveau, je trouve l'apaisement par les mots.

Avant de monter, je passe aux toilettes du rez-de-chaussée. Une véritable bénédiction. À l'étage, elles sont juste à côté de notre chambre, ce qui m'oblige à descendre sous prétexte de me servir un verre d'eau, d'aller chercher le livre que je suis en train de lire ; ou bien je dis que j'ai oublié de mettre en route le lave-vaisselle. Car après quinze années de vie commune, je préfère encore mentir, me rendre malade, attendre d'être au lycée ou au restaurant plutôt que mon mari m'entende aller aux toilettes.

Cette fois encore je n'y échapperai pas. Au moment où je cherche à m'endormir, tout mon corps se met à me démanger ; c'est comme un insecte qui se déplace plus vite que mes ongles sur ma peau. Depuis que j'ai rencontré mon mari, j'ai du mal à m'endormir. Mon amour n'est jamais aussi anxieux qu'au moment où je cherche le sommeil. Je pensais pourtant que le mariage serait le plus puissant somnifère : je m'imaginais déjà rayonnante en jeune mariée comblée, m'endormant en quelques minutes le soir, pleine d'une sérénité nouvelle, le teint éclatant (semblable dans mon imagination à celui des femmes enceintes, mais pour cela aussi je m'étais trompée). J'avais fondé de grands espoirs en cette union, pensant qu'elle effacerait toutes mes peurs, en particulier mes angoisses nocturnes. Je pensais que cet engagement viendrait enfin confirmer l'amour de mon mari pour moi, l'authentifier pour de bon, comme un bijoutier affirmerait en examinant un collier : « Oui madame, je suis formel, c'est bien de l'or. »

En réalité, me marier ne m'a pas apaisée. Je me suis rendu compte à l'instant même où nous nous sommes dit *oui* que mon mari pouvait toujours divorcer et partir. J'ai alors espéré qu'il se décide à acheter une maison avec moi, puis qu'il souhaite me faire un enfant – certaine que ces actes seraient plus solides qu'un contrat signé à la mairie ou qu'une promesse faite devant Dieu. J'ai commencé à attendre constamment l'étape suivante. J'ai découvert un monde de preuves d'amour : avec de l'engagement partout mais de l'amour nulle part. Et quinze ans après notre première rencontre, je dors toujours aussi mal.

Excepté mes démangeaisons inexpliquées et ma passion dévorante pour mon mari, ma vie est parfaitement normale. Rien ne déborde. Aucune incohérence, aucune manie, aucun indice flagrant qui puisse témoigner d'un trouble de la personnalité. Je mange équilibré, je ne suis pas une mère angoissée pour ses enfants, je n'ai pas de problème pour jouir lors de mes rapports sexuels, je ne suis pas hypocondriaque. Mes amis m'adorent, mes collègues m'apprécient, je n'ai aucun fétiche sexuel particulier, je n'ai pas peur d'être seule chez moi le soir, j'ai pardonné leurs erreurs à mes parents, je suis proche de mes sœurs, je ne suis pas envieuse, je ne suis pas distraite, je n'ai pas de problème avec l'alcool et je ne fume que très occasionnellement. Mais je suis folle amoureuse de mon mari et tout mon corps se met à me démanger dans mon lit le soir.

Pour me calmer, je commence par me répéter à voix basse le prénom de mon mari, trois ou quatre fois comme une courte prière. Comme ça ne suffit pas, je choisis une question. C'est un exercice mental que je pratique depuis l'enfance. Les questions ont évolué au fil du temps, mais le procédé est resté le même : trouver une question, et chercher la réponse jusqu'à sombrer.

Petite fille, je me demandais par exemple : si je devais faire la liste de mes cinq copines préférées, qui serait dans le classement et dans quel ordre ? Si je pouvais échanger ma maman avec une autre maman, qui est-ce que je choisirais ?

Adolescente, je me plongeais dans d'autres scénarios : si je pouvais acheter tout ce que je voulais pendant une journée, dans quels magasins j'irais ? Si je pouvais changer trois éléments de mon physique et les prendre à trois autres filles, avec qui est-ce que je déciderais d'échanger mon nez ou mes fesses ?

Jeune femme, mes questionnements ont continué : si je pouvais vivre dans la maison de mes rêves, à quoi ressemblerait-elle ? Puis, chaque soir, j'imaginais une pièce différente : la cuisine, le salon, la salle de bains, la chambre... Jusqu'à construire intégralement en pensée un lieu parfait. Je réfléchissais aussi beaucoup à celui qui deviendrait un jour *l'homme de ma vie*. Le soir dans mon lit, je dressais son portrait : serait-il plutôt brun ou blond ? Et si je devais choisir un métier pour ce futur mari, lequel serait-il ? Acteur ou ingénieur ? Médecin ou musicien ?

En ce moment, il y a plusieurs questions que j'utilise le soir pour m'endormir : si je me réveillais demain à l'âge de dix ans en sachant tout ce que je sais aujourd'hui, qu'est-ce que je ferais différemment ? Et si je pouvais posséder un seul pouvoir magique ?

Certitude : si je me réveillais demain matin dans la vie de la petite fille que j'étais à dix ans, je ferais de longues études scientifiques pour devenir astrophysicienne ou cosmonaute, j'apprendrais le latin et le grec, je deviendrais championne d'escrime. Et surtout : pas d'amoureux à l'école, aucun petit copain à l'adolescence, aucune histoire d'amour avant de me marier. Je ne perdrais plus une minute à être amoureuse.

Et ce soir, je me dis que si je pouvais avoir un seul pouvoir magique je choisirais celui de contrôler les rêves. Je pourrais imaginer les pires cauchemars pour les personnes qui me menacent, m'immiscer dans les songes de mon mari pour le faire rêver de moi chaque nuit. Je placerais dans son inconscient la terreur de me perdre; je construirais un monde où je le quitte pour un autre et où il en meurt de chagrin. Je lui représenterais mon corps sublimé pour qu'il ne cesse jamais d'avoir envie de moi. Je lui ferais voir notre maison sous son meilleur jour pour lui donner envie d'y rester. Je déposerais dans chacune de ses nuits les plus belles images de nous pour qu'il continue de m'aimer.

Mais je n'ai pas ce pouvoir. Alors ce soir, je lui parle pendant qu'il est endormi. Je me penche près de son oreille pour lui chuchoter qu'il ne pourrait pas vivre sans moi. Je sais au bruit de sa respiration qu'il dort, je reconnais son visage fermé par le sommeil. Pourtant, je sais que lorsqu'il se réveillera mes paroles auront infusé. C'est semblable à ce qui arrive lorsqu'un nourrisson entend ses parents se disputer ou s'aimer: il est dans son berceau, il ne voit pas plus loin que le bout de son nez, mais les discussions au loin se gravent quelque part en lui.

La respiration de mon mari ressemble à présent au bruit de la mer : les vagues de son souffle gonflent, s'éloignent et reviennent. Ses soupirs imitent et dessinent devant moi l'horizon pendant que je continue à lui chuchoter ses rêves qui sont aussi les miens et dont seule la nuit est témoin.

Jeudi

Mon mari m'a réveillée cette nuit en me caressant l'épaule. Dans le noir de la chambre, je l'ai entendu me répéter plusieurs fois qu'il m'aimait. Il a insisté : « Je t'aime, je t'aime tellement, je t'aime. » C'est tout ce dont je rêvais.

Je ne me suis pas rendormie tout de suite, ce qui m'a permis de remarquer que mon mari et moi inspirions et expirions au même rythme. Pourtant, éveillés, nous ne respirons pas à la même vitesse (j'ai déjà vérifié). Nous ne faisons pas la même taille, ses poumons sont plus gros que les miens, ils ont certainement besoin de plus d'air. On avait dû se synchroniser pendant la nuit ; mon souffle s'était accéléré, pendant que sa respiration avait ralenti pour se fondre dans la mienne. Existe-t-il une plus grande marque d'amour que deux respirations qui s'accordent en dormant ?

Je sais que je ne divague pas. Il existe des articles très sérieux à ce sujet : vivre en couple modifie notre rythme biologique – la vitesse des battements de notre cœur, le tempo de notre respiration, le temps de digestion. C'est d'ailleurs pour ces raisons physiologiques que l'absence de mon mari m'est parfois aussi douloureuse : mon corps est en manque.

Ce matin, je suis agréablement surprise par la température de la douche : l'eau est inhabituellement chaude. Je me remémore notre soirée, c'est bien mon mari qui s'est lavé en dernier. Est-ce qu'il a voulu faire la même chose que moi mardi matin ? Goûter l'eau telle que moi je l'aime pour s'immerger lui aussi dans mon univers aquatique ? Qu'il ait eu la même idée que moi me ravit. J'oublie souvent à quel point mon mari peut se montrer attentionné quand il veut.

Euphorisée par son aveu du milieu de la nuit et par la température de la douche, je laisse les volets fermés et m'habille dans le noir sans sourciller : mon mari a fait un pas vers moi, je suis prête à faire un effort à mon tour. Je choisis une longue jupe jaune, et prends plaisir à associer la couleur de ma tenue à celle de la journée qui commence.

Je débute mon jeudi jaune avec joie. J'ai faim. Je me prépare un petit déjeuner copieux et sucré (je ne mange du sucré que lorsque je vais bien) : deux tartines avec une épaisse couche de beurre et de confiture, que je trempe dans mon bol de chocolat tiède. Je m'épluche même deux clémentines (ma joie efface un peu ma rancœur vis-à-vis de ce fruit).

Je ne réagis pas quand mon mari s'adresse à moi depuis la chambre. J'ai très bien entendu sa question, mais je fais comme si de rien n'était ; c'est dur, mais c'est ainsi. En fait, lorsque je n'entends effectivement pas ce qu'il me dit, je ne peux pas m'empêcher de lui demander de répéter. Que des paroles qu'il m'a adressées se volatilisent dans l'air m'est insupportable. Et s'il était en train de me dire quelque chose d'important ?

Je me souviens de ses coups de téléphone lors de son voyage en Asie quelques mois après notre rencontre. La liaison était si mauvaise que je perdais à chaque appel des centaines de ses mots. Comme je ne pouvais pas le faire répéter plus d'un certain nombre de fois (j'aurais eu l'air bête), je devais me résoudre à en laisser derrière nous, abandonnés à jamais dans l'oubli et les câbles téléphoniques sous-marins, quelque part entre la côte indienne et l'Égypte.

Les couples qui ne s'aiment plus se fichent, eux, de ne pas tout entendre. Ils conçoivent sans douleur leurs échanges comme un texte à trous ; ils se disent que ce n'est pas grave, qu'ils compléteront. Je crois que le besoin d'exhaustivité est un signe très certain de l'amour : ne pas vouloir en perdre un mot.

Je me recoiffe une dernière fois devant le grand miroir de l'entrée. Sur le meuble traîne de la petite monnaie, nos clefs enlacées dans le bol en céramique, un tube de rouge à lèvres, deux faire-part de baptême ; et mon carnet de vocabulaire scientifique que j'ai cherché partout mardi. Comment ai-je pu passer à côté ? En réalité, je sais pourquoi je ne l'ai pas vu, et la raison de mon inattention me fait sourire.

Mon sourire persiste jusqu'au lycée. J'enseigne avec conviction, je me déplace avec plus d'entrain que d'habitude entre les rangs, je parle plus fort, je suis plus appliquée, plus impliquée, plus patiente aussi ; même mon accent me paraît plus fluide et mon écriture plus droite sur le tableau blanc. Dans ma salle de classe, l'air me semble plus plein et l'oxygène plus nourrissant.

À la pause, mon mari essaie de me joindre. Je ne décroche pas à ses deux premiers appels (de nouveau, c'est dur, mais c'est la règle). Je le rappelle cinq minutes plus tard et nous discutons de ma réunion pédagogique ce soir au lycée : qu'il n'oublie pas d'emmener les enfants au conservatoire après l'école.

Ma bonne humeur est communicative. On me dit que j'ai bonne mine, on me complimente sur ma jupe. Je déjeune avec une collègue que j'apprécie. On parle de nos élèves (c'est intéressant), de nos maris (c'est le moment que je préfère), de nos enfants (la conversation perd immédiatement en intérêt).

La déclaration d'amour nocturne de mon mari explique ma joie, mais le grand sourire que je porte depuis ce matin est également un cadeau du jeudi. Le jeudi ressemble à un deuxième lundi. C'est un recommencement, la fin de l'entracte, le nageur qui donne un coup de pied contre le mur du bassin pour basculer et repartir dans l'autre sens, la pause pique-nique à mi-chemin de la randonnée.

Puis, sur les coups de 13 heures, le doute m'envahit. Un doute dévastateur, hyperbolique. Que s'est-il passé cette nuit ? Mon mari a-t-il vraiment prononcé ces mots ? Est-ce que je n'étais pas en train de rêver ? Pourtant, je m'en souviens parfaitement : « Je t'aime, je t'aime tellement, je t'aime. » « Je t'aime », puis « je t'aime tellement », et de nouveau « je t'aime ». J'entends encore distinctement sa voix. Il ne me l'a pas dit une fois, mais trois. Je n'ai pas pu me tromper trois fois. Je n'ai pas pu rêver aussi longtemps.

Sweep me off my feet please,
Sweep me off my feet now

Nous réfléchissons à une traduction avec mes élèves. C'est là que l'exercice est le plus stimulant : essayer par tous les moyens de traduire l'intraduisible, quand l'équivalent exact n'existe pas en français et qu'il faut bricoler quelque chose.

Sweep me off my feet. Si on fait du mot à mot, on trouve : « balaie-moi de mes pieds », mais cela ne veut rien dire. Il faut plutôt comprendre : « renverse-moi », mais on perd l'idée des pieds et de l'ancrage au sol. Autre possibilité : « fais-moi perdre pied », mais cette fois on ne voit plus le geste et la chute. Impossible de faire tout tenir en une seule formule. *Sweep me off my feet* : bouscule-moi. Fais-moi perdre l'équilibre et tomber. Décroche-moi du sol. Déracine-moi. Fais basculer ce qui me faisait encore tenir debout. Pousse-moi, je veux dégringoler et assister à ma propre chute. C'est une demande, formulée à l'impératif : *Sweep me off my feet, please.* Fais-moi tomber amoureuse de toi, s'il te plaît. *Sweep me off my feet, now.* Fais-moi tomber amoureuse de toi, maintenant.

Cette phrase raconte l'instant qui précède la rencontre, juste avant le basculement, quand on convoque l'amour. Car une rencontre amoureuse ne sort jamais de nulle part, aussi inattendue fût-elle en apparence. Elle exige qu'on soit, même inconsciemment, disposé à rencontrer quelqu'un. C'est de cet état d'impatience dont nous débattons avec mes élèves.

Je fais exprès de choisir des textes qui parlent d'amour ou de dilemmes existentiels, car les débats qu'ils suscitent en classe nourrissent ma vie intérieure. Entre quinze et dix-huit ans, les émotions sont exacerbées, c'est l'âge des premières passions. Mes élèves savent donc très bien de quoi il retourne. De cette manière, je suis certaine d'avoir un certain nombre d'échanges profonds dans ma semaine. Partout ailleurs, j'ai l'impression de ne parler que logistique et vie pratique (vacances, décoration d'intérieur, choix des menus, école privée ou publique). C'est un fait : il est plus souvent question de soucis domestiques que de métaphysique dans les discussions entre adultes.

Sweep me off my feet please,
Sweep me off my feet now

Je n'ai pas choisi ce texte au hasard. C'est sur cette chanson que nous nous sommes rencontrés avec mon mari. J'avais accepté, sans grande conviction, d'accompagner une amie voir jouer un groupe anglais dont je n'avais jamais entendu parler. La musique était très forte, nous avions du mal à nous entendre, mais quand cet inconnu s'est penché vers moi pour me dire comment il s'appelait, je suis immédiatement tombée amoureuse de lui. Son prénom me semblait être de bon augure : plein de promesses et rassurant à la fois, un prénom d'amoureux et de mari. La suite m'a donné raison. Notre première rencontre était si belle que j'ai parfois l'impression que notre couple en est le commentaire infini.

Pendant que nous échangions nos tout premiers mots (il exista un état du monde où mon mari et moi n'avions échangé que dix mots, cette idée me donne le vertige – à combien en sommes-nous à présent ?), le chanteur répétait sur ses riffs de guitare ces paroles que je n'ai pas oubliées : *Sweep me off my feet please, Sweep me off my feet now.*

Ce soir-là, mon mari était accompagné par l'un de ses amis. Je repense souvent à cet homme qui a eu la chance d'être le témoin de notre première rencontre. J'aurais tant aimé assister à la scène de son point de vue. Pouvait-il déjà anticiper l'importance que cette rencontre allait prendre dans nos vies ? Existe-t-il des signes extérieurs qui permettent de distinguer les rencontres sans lendemain de celles qui chamboulent une existence entière ? L'air autour de nous était-il chargé plus fort en électricité, prêt à réagir à la moindre étincelle ?

Cet homme est mort dans un accident de voiture l'année suivante. Je n'ai donc jamais pu recueillir sa version des faits. Une partie du récit de nos origines, un aspect essentiel de notre cosmogonie amoureuse, m'a été volée. Ce décès explique peut-être certaines des difficultés que j'ai rencontrées avec mon mari par la suite : comment savoir où on va si on ne sait pas d'où on vient ? Alors pour pallier ce manque, j'étudie tous les ans avec mes élèves les paroles de cette chanson, et je continue à tenter de percer le mystère que constitue toujours une rencontre.

Nous terminons la traduction de l'échange de vœux commencée lundi en classe. Le « *I do* » – « Je le veux » – produit toujours le même effet, même si je remarque que les filles y sont plus sensibles que les garçons.

– *It's a beautiful declaration of love. The woman seems very in love with her husband*, commente l'une de mes élèves.

J'ai bien fait de conserver les vœux que j'avais écrits il y a treize ans pour mon mari : c'est un bon exercice de traduction pour mes élèves, et l'occasion de réviser l'utilisation de l'auxiliaire. Ces vœux, je n'ai pas pu les prononcer le jour de notre mariage, après des mois d'écriture et de documentation. J'avais consulté une cinquantaine d'articles, lu des dizaines de livres sur le sujet, regardé un nombre incalculable de comédies romantiques, remplissant un épais carnet de toutes mes recherches et brouillons ; c'eût été un gâchis de ne rien en faire. J'ai transformé un échec amoureux en réussite pédagogique : qui pourrait me reprocher de savoir rebondir ? Plus un professeur est personnellement impliqué par le contenu de son cours, meilleur est son enseignement.

Mon mari et moi nous sommes mariés dans un château au milieu des vignes. C'était le mariage dont j'avais rêvé petite fille : plusieurs centaines d'invités, mes cheveux blonds remontés avec grâce en chignon, une robe somptueuse qui tournait à chacun de mes mouvements, des tables éclairées dans la nuit par des lampions de toutes les couleurs. J'avais bien sûr quelques appréhensions : mes parents issus d'un milieu populaire à la même table que la famille bourgeoise de mon mari ; mais finalement, si mes beaux-parents furent mal à l'aise, ils n'en laissèrent rien paraître.

Bercée par l'univers anglo-saxon, je tenais absolument à ce qu'ait lieu un échange de vœux : un discours, écrit de la main de mon mari, où il expliquerait pourquoi il était si heureux de m'épouser (j'ai même imaginé qu'on pourrait faire encadrer nos deux textes pour les accrocher dans notre chambre plus tard). Il était inconcevable qu'il ne m'exprime pas publiquement son amour. D'une nature introvertie, il ne s'épanche jamais sur les fondements de sa passion pour moi. Alors à quoi bon me marier si cette soirée n'était pas l'occasion d'une déclaration d'amour de mon époux ? Je sentais déjà que j'en aurais besoin pour les soirs de doute.

J'ai mis des semaines à en parler à mon futur mari, puis à ma belle-famille. Les quatre piliers du mariage catholique, les vœux devant le prêtre : cela n'a que peu de valeur pour moi. J'ai accepté de m'y plier, mais ils ne disent rien de l'amour, de la flamme, de l'engagement. Je voulais un échange de vœux comme dans les films américains. Ma belle-mère a été surprise, ce n'était pas la tradition, mais elle s'est montrée à l'écoute.

J'ai expliqué que c'était important pour moi (j'ai même hésité à m'inventer des ancêtres aux États-Unis pour justifier mon attachement à cette coutume). Ma belle-famille a finalement suggéré que nous fassions cela avant le début du repas, au moment du discours des témoins.

Le jour du mariage, tout semblait bien parti : la robe, la météo, ma peau. Comme prévu, les témoins ont fait leurs discours avant le dîner, mêlant humour et tendresse (c'est le genre qui veut ça). Puis est venu l'échange des vœux. Mon mari s'est saisi du micro, a remercié nos proches d'être là, il a aussi eu une pensée pour ceux qui ne pouvaient pas être avec nous ce soir. Puis il s'est tourné vers moi :

– C'était important pour ma femme que nous prenions le temps de partager notre joie d'être ensemble. De dire ces mots à voix haute, devant nos proches. Alors voilà : je t'aime, ma femme. Je t'aimerai toujours. Je suis le plus heureux des hommes d'être tombé sur la plus belle femme du monde.

Applaudissements. Larmes dans les yeux de nos parents. Dans ma main, les vœux que j'avais mis des mois à écrire. Mon mari m'a tendu le micro, mais je n'ai pas déplié le papier froissé entre mes doigts. Il n'avait prononcé que quelques mots, il aurait été ridicule que je lise mon texte (je m'étais entraînée et chronométrée, il durait sept minutes). Alors j'ai remercié une nouvelle fois les invités d'être présents, et j'ai dit à mon mari bien trop sobrement que j'étais heureuse d'être sa femme et que je l'aimerais toujours. J'étais pétrifiée. Ce jour-là, je n'ai rien pu dire de la beauté de notre rencontre deux ans plus tôt, de nos discussions sans fin aux terrasses des cafés les mois qui ont suivi, du soir où il m'a fait danser entre les cartons dans l'appartement où nous venions d'emménager.

« Je suis le plus heureux des hommes d'être tombé sur la plus belle femme du monde » : j'aurais apprécié qu'il évite de me réduire à mon apparence physique, pour me complimenter sur ma personnalité ou la finesse de mon esprit par exemple. Tout le monde sait que la beauté ne dure pas toute la vie, contrairement aux liens du mariage.

« Je t'aime, ma femme. Je t'aimerai toujours » : sobriété et pudeur. Ces deux mots lui vont bien, et en cela ses vœux lui ressemblaient (si on peut appeler cela des vœux). Sobriété et pudeur, d'accord. Mais moi je rêvais de gravité et de profusion. À ce moment-là, je me suis dit qu'il était peut-être trop jeune et immature pour se marier. S'il n'exprimait pas les raisons profondes de son amour pour moi, c'était peut-être parce qu'il ne les avait pas encore identifiées ? Il me trouvait belle et douce : est-ce que cela lui suffisait, qu'il n'avait pas cherché plus loin, qu'il ne s'était même pas posé la question ? « Je t'aime, ma femme. Je t'aimerai toujours » : c'est très joli, mais cela me paraissait un peu léger comme promesse pour la vie. Je me suis sérieusement demandé s'il avait saisi la mesure de l'engagement qu'il venait de prendre en m'épousant.

J'ai toujours ce même pincement au cœur quand j'allume mon téléphone après une heure de cours et que je constate que mon mari ne m'a pas appelée. Alors je me décide à le faire moi-même. Pendant les tonalités, pression artérielle qui grimpe, accélération du rythme cardiaque, diffusion d'adrénaline dans l'amygdale. J'ai tant besoin de savoir : mon amour, est-ce que tu m'as dit que tu m'aimais cette nuit ? Il décroche. On discute quelques minutes. Je prends un ton faussement détaché pour lui raconter mon dernier cours de la journée, puis je me lance dans le vide. J'évoque sa déclaration. Mon mari ne sait pas de quoi je parle. Je précise. Je pousse l'humiliation jusqu'à le formuler sans ambiguïté : « Est-ce que tu m'as dit que tu m'aimais cette nuit ? » La réponse est là. Tranchante et définitive. « Non. »

J'avais tant besoin qu'il s'en souvienne. J'avais tant besoin que ce soit vrai. Le problème, c'est que j'entends souvent mon mari me dire qu'il m'aime. C'est encore arrivé le mois dernier. Je lui ai demandé s'il se souvenait de la conversation que nous avions eue dans la salle de bains ce matin-là. Comme il ne voyait pas ce à quoi je faisais allusion, j'ai été obligée d'expliciter : « Est-ce que tu m'as dit que tu m'aimais quand j'étais en train de finir de me maquiller ? » Mon mari m'a répondu, étonné et gêné : « Non, je n'ai jamais dit ça. » Mon cerveau amoureux a dû confondre « tu es prête ? » et « je t'aime ». Il y a des périodes où je l'entends me dire qu'il m'aime plusieurs fois par jour.

À cet instant, le jaune-joie de ce matin m'apparaît pour ce qu'il est réellement. Ce n'est pas le jaune de la lumière naturelle du jour. Ce n'est pas le jaune du soleil et de la photosynthèse.

C'est celui de l'éclairage artificiel d'une lampe électrique. C'est le jaune du mensonge, de l'adultère et de l'hypocrisie. Comment ai-je pu me laisser aveugler aussi bêtement par ce jaune-joie du début de journée ?

Je sors mon carnet que j'ai pensé à prendre avec moi. J'étais pourtant sur mon nuage ce matin, mais je devais déjà anticiper à quel point ce bonheur serait précaire, habituée aux changements soudains de la météo amoureuse de mon couple. Une ligne au stylo plume, et je sais immédiatement ce qu'il me reste à faire. Je relis le SMS que j'ai laissé sans réponse depuis deux jours, puis j'écris : « Oui, je serai bien là tout à l'heure, 17h30. »

Puis, je sors mon deuxième carnet, le vert, celui où je puise moins les solutions pour survivre aux peines que me causent mon mari que des conseils et des phrases inspirantes sur l'amour : être mystérieuse, le laisser respirer, rester insaisissable. Les listes et les titres que j'ai soulignés en rouge me donnent le courage nécessaire pour aller au rendez-vous.

Mon rouge à lèvres (un rouge à lèvres couleur cerise d'une marque de luxe que j'ai choisi pour son nom, *soul mate* – « âme sœur ») et mes talons qui claquent sans plus aucune réserve sur le sol me donnent une assurance nouvelle tandis que je sors du lycée. Sur le chemin, je me remémore douloureusement que ma rencontre avec mon mari a eu lieu un jeudi. J'aurais tant aimé le rencontrer un lundi (mon jour préféré) ou un vendredi (mon jour porte-bonheur), car d'emblée le jeudi a placé notre rencontre sous le signe de cette couleur ambiguë : je rencontrai mon soleil et ce jour serait pour toujours un souvenir joyeux ; en même temps, le jaune portait en lui l'avertissement d'une trahison possible.

Quand j'arrive un peu après 17 h 30 (je n'ai aucun scrupule à être en retard quand je ne rejoins pas mon mari), Maxime est déjà installé à l'intérieur. Malgré la chaleur, il évite la terrasse où il pourrait être vu (lui aussi est marié). Je m'assois en face de lui. Puis je n'ai plus rien à faire, Maxime s'occupe de tout : faire signe au serveur pour passer commande, relancer la conversation quand il faut, me complimenter sur ma jupe, me demander si je veux autre chose à boire quand j'ai terminé mon verre. Il s'anime pour me séduire. Est-ce l'effet que je fais à mon mari : celui de faire un peu trop d'efforts, de vouloir un peu trop bien faire ? Sa tentative de séduction est grossière. Il est évident que je lui plais. Pourquoi ne fait-il pas semblant ? Pourquoi ne joue-t-il pas à l'homme inaccessible ? Lui non plus, n'a-t-il rien appris ?

Malgré ses efforts, je n'arrive pas à m'intéresser à lui. Mon mari pense que je suis à une réunion pédagogique, j'ai au moins trois heures devant moi, ce qui risque d'être très long si je dois écouter Maxime parler aussi longtemps. Sans le vouloir, je ne fais que le comparer à mon mari. Mon mari n'aurait jamais évoqué nos enfants en ces termes. Contrairement à Maxime, il ne dit pas « la petite » ou « le grand », mais les appelle toujours par leur prénom après avoir précisé que notre fils était l'aîné. Mon mari n'aurait jamais commandé d'expresso à cette heure-là et il déteste les chemises à manches courtes, même en été. Sans le vouloir, je les confronte : cet homme a de plus beaux yeux que mon mari mais mon mari est plus grand. Quoi que je fasse, mon mari est ma référence, mon échelle de mesure, mon niveau de la mer.

Je regarde Maxime droit dans les yeux pour éviter d'avoir à parler. Je n'ai pas grand-chose à lui dire, et rester silencieuse aura toujours l'avantage de me donner l'air mystérieuse. En plus, le spectacle n'est pas désagréable, Maxime a de beaux yeux (du miel mélangé à du vert). Son regard m'a tout de suite frappée quand j'ai fait sa connaissance lors d'une réunion parents-professeurs. C'était l'un des rares pères à s'être déplacé.

Je n'ai qu'une envie : boire un shot de tequila pour me donner du courage. Mais j'ai pris un Perrier, je n'ai pas osé commander de l'alcool. Même à jeun, il ne faut pas que je me dégonfle maintenant. Je flirte avec lui par messages depuis des mois. J'ai déjà accepté un verre, je dois aller plus loin, c'est la règle que je me suis fixée. Alors je pose ma main sur sa cuisse.

Mes yeux braqués sur lui et ma main trop haut sur sa cuisse lui envoient des signaux que je maîtrise mal. Tout à coup, je me rends compte que le désir de cet homme pour moi est si violent qu'il ne se satisfera pas de caresses sur le genou ou de regards languissants. C'est déjà trop tard. À ce stade, il n'a même plus envie de ma bouche qu'il n'a pourtant jamais embrassée. Un baiser serait un gain insuffisant pour ce jeu qui a déjà trop duré. Alors tout en parlant il remonte sa main le long de ma jupe, arrive jusqu'à ma culotte, qu'il fait glisser sur le côté pour introduire un doigt en moi. Je me raidis malgré l'évidence de mon excitation qui lui coule sur les doigts.

Maxime a réservé une chambre dans un hôtel près de la gare. Quand j'entre, je contourne mécaniquement le lit pour me diriger vers la fenêtre. J'observe les passants à travers la vitre, les couples qui s'installent à la terrasse du restaurant qui fait l'angle. Maxime me tire de ma rêverie : « Qu'est-ce que tu fais à te précipiter à la fenêtre ? Tu localises les issues de secours, comme dans un avion ? Tu veux déjà t'enfuir ? Tu sais que tu peux partir quand tu veux, tu n'es obligée de rien. »

Sous les draps, la pression de sa main sur mon bras me surprend. Maxime n'appuie pas, mais il ne me frôle pas non plus : je crois qu'il me caresse. Mon mari n'est pas très tactile. Il n'aime pas les longues embrassades, et les personnes qui le touchent ont tendance à le mettre mal à l'aise.

Nous avons évidemment des contacts physiques, il me tient par la main et m'embrasse sur le front ; en revanche un geste prolongé de va-et-vient sur mon corps pour me signifier sa tendresse, je ne suis pas sûre que cela fasse partie de nos échanges. Mon mari me fait l'amour en me mettant à quatre pattes, mais je crois qu'il ne m'a jamais caressé le bras.

J'ai des frissons au contact de la paume de Maxime. Je me doute que les choses iront plus loin (mon corps a encore en mémoire son doigt en moi), mais pour le moment il ne fait que me toucher l'épaule, et je vois déjà défiler devant mes yeux les scénarios les plus indécents. C'est absurde, mais c'est la vérité : la seule main de Maxime sur mon bras m'apparaît plus obscène que toutes les images pornographiques que contient Internet.

Le sexe avec lui est une succession de surprises. Je suis surprise de mon sexe qui fond sous sa langue. Je suis surprise par sa question quand il met un préservatif et me demande si je veux toujours. Je suis surprise par la forme de son sexe en moi, dur et pointu comme un couteau (le coquillage), presque tranchant.

On roule l'un dans l'autre à travers le lit. Plus nous faisons l'amour et plus j'ai envie de lui ; qu'il soit en moi n'apaise en rien mon désir – au contraire, il le suscite. On se grimpe, on s'agrippe, et surtout on se parle. Il me chuchote des mots crus à l'oreille. Qu'il aime me voir mouiller, jouir, gémir. Qu'il aime mes seins et mon cul. Sa vulgarité me met à l'aise. Je n'ai pas à faire l'amour comme une bourgeoise – lui, bourgeois il ne l'est pas du tout. Il me rappelle les garçons de mon quartier avec qui je couchais adolescente.

Maxime n'est pas dégoûté par mon désir, par mes fluides, par mes gémissements, par mes mots pas comme il faut qui répondent aux siens. Il quitte mon corps pour enfouir de nouveau sa langue entre mes jambes, puis dans ma bouche, puis ses doigts, puis sa langue, puis son sexe de nouveau dans ma bouche. Je ne savais pas qu'on avait le droit de tout mélanger comme ça, d'inverser l'ordre. Il me dit que la vision de mes ongles parfaitement manucurés sur son sexe l'excite. Ça et mon solitaire massif aussi, j'imagine.

Il a le nez dans mon cou pendant qu'il est en moi, sa main posée sur ma tête. Il me faut plusieurs minutes pour comprendre que sa main est là pour me protéger. J'ai roulé sur le dos, Maxime est sur moi, et sans que je m'en rende compte le haut de mon crâne frôle à présent le coin de la table de nuit en bois. Maxime a posé sa main sur le sommet de ma tête pour éviter que je me cogne.

Je fonds en larmes. Des pleurs que je ne reconnais pas, qui n'entrent dans aucune catégorie dont je suis familière. Ce ne sont ni des larmes rouges de rage, ni des larmes transparentes de tristesse. Ces larmes-là ressemblent à une cascade, aux barrages immenses d'Amérique du Sud que je n'ai jamais vus. Je pleure un continent où je n'ai jamais mis les pieds.

Maxime s'excuse, me tend un mouchoir qu'il est allé chercher dans la salle de bains. Au bout de quelques minutes, j'arrive tant bien que mal à articuler : « Tu as posé ta main sur ma tête pour que je ne me cogne pas. » Maxime ne sait pas quoi répondre, le sexe ballant entre les jambes. Face à mes larmes diluviennes, il s'imaginait être le témoin des remords soudains d'une femme mariée, ou d'une solide crise d'angoisse. Il ne comprend pas qu'une main posée sur ma tête puisse susciter une telle détresse :

Je n'allais pas te laisser te cogner...

Il me tend un verre d'eau. À mesure que je bois, mes larmes cessent, comme si le seul remède pouvait être liquide (noyer avec encore un peu d'eau mes cascades de larmes).

– Tu ne serais pas hypersensible, toi ? dit-il finalement en me caressant le dos.

Mes muscles se détendent un à un, je retrouve mon calme. Après quelques minutes, je m'allonge à l'envers dans le lit, la tête au niveau des pieds.

– Tu me rejoins au pôle Nord ? je demande à Maxime d'un sourire retrouvé.

Il rit, attrape les deux oreillers et s'installe près de moi après avoir ouvert grand la fenêtre. Le tableau est serein : la lumière de fin d'après-midi se pose sur le lit, les trains de banlieue s'approchent et s'éloignent dans un soupir régulier, l'odeur de l'averse monte jusqu'à notre étage. La main de Maxime est de nouveau sur mon bras (l'image est toujours pornographique), la couette d'une infinie douceur contre ma peau (qu'est-ce qui donne au linge des chambres d'hôtel une telle douceur ? Est-ce la lessive qu'ils utilisent en quantité industrielle ? Leurs énormes machines à laver qui font tout bouillir à cent degrés ? Leurs sèche-linge qui laissent les draps aussi chauds que s'ils sortaient du four ?).

Le visage caressé par la lumière, je rêve d'une sieste bercée par le bruit des trains. Maxime me donne terriblement envie de dormir. Preuve qu'il n'y a rien entre nous : quand on aime on a encore envie de parler, de se voir, d'être ensemble. Quand on dort, on renonce à l'autre ; dormir, c'est cesser un peu d'aimer. C'est pourquoi j'en ai toujours voulu à mon mari de s'endormir aussi vite en ma présence.

Les doigts de Maxime quittent mon bras pour se balader sur le bout de mes seins, autour de mon nombril, entre mes cuisses. Je commence à le toucher à mon tour, mais il arrête les mouvements de mon poignet. « Ne bouge pas. Laisse-moi faire. » Il ne me demande qu'une chose en retour : me regarder pendant qu'il me caresse. Je tiens quelques minutes ses yeux plantés dans les miens, puis je me réfugie dans son cou, car la jouissance est trop proche. J'ai peur qu'elle s'échappe, qu'elle ne lui glisse entre les doigts, alors je lui dis de continuer plus fort, je lui dis d'accélérer. Quand je me mets à gémir, il m'ordonne : « Vas-y, jouis. » C'est la première fois qu'on me dit une chose pareille (avoir un orgasme est-il quelque chose qu'on peut raisonnablement exiger de quelqu'un ? Apparemment oui. En tout cas, c'est efficace). Je jouis sous ses doigts, la tête dans l'oreiller. Cette fois, il n'a même pas eu à faire glisser ma culotte le long de mes jambes.

Alors que j'agrafe mon soutien-gorge, Maxime m'interpelle doucement :

– Est-ce que tu sais que tu as un grain de beauté inquiétant en bas du dos ?

Il poursuit, mal à l'aise :

– Je ne suis pas médecin, mais tu devrais peut-être le montrer à quelqu'un, il a une drôle de couleur, presque violet.

Je suis mortifiée de honte. Maxime va penser que personne ne regarde mon dos. Il va penser que je suis l'une de ces femmes mariées que son mari n'a pas touchée depuis des mois. Il va penser que c'est pour ça que je suis dans cette chambre d'hôtel avec lui. Il prend une photo avec son téléphone pour me la montrer. Ce grain de beauté a effectivement une couleur étrange. Je le remercie en lui assurant que j'irai voir un médecin. Puis je supprime la photo de son téléphone (cette relation est adultère, je ne l'oublie pas). Je me retrouve alors nez à nez avec une photo de sa femme. Je m'excuse pour cette intrusion dans son intimité, je n'ai pas fait exprès, je n'ai pas pensé que supprimer la dernière photo de son téléphone ferait apparaître automatiquement la précédente. Maxime rougit et se sent obligé de confirmer ce que je n'ai pas le courage de formuler à voix haute :

– Oui, c'est Clémence, ma femme.

Sa femme est très belle (on peut donc être infidèle à une très belle femme, ce qui me donne une raison de plus de m'inquiéter pour mon mariage). Ils sont à la terrasse d'un restaurant ; sa femme a un verre de vin rouge à la main, une jolie robe jaune, et elle sourit à l'objectif. Mon mari n'a aucune photo de moi dans son téléphone. J'ai donc du mal à reconstituer la scène : quel enchaînement de faits plus ou moins hasardeux a pu conduire à l'existence de cette photo ? Qu'est-ce qu'il a bien pu se passer ce soir-là entre Maxime et sa femme pour en arriver là ? Ils viennent de finir leur plat, attendent la carte des desserts, et il se dit tout à coup : « Ma femme est si belle ce soir qu'il faut absolument que j'immortalise ce moment. Je veux garder un souvenir de ce sourire et de cette lumière pour l'éternité. » ? Ou alors, c'est peut-être elle qui lui a suggéré de prendre une photo pour l'envoyer à leur groupe WhatsApp familial ? Ou au couple d'amis qui leur a conseillé ce restaurant italien en centre-ville, pour les remercier sous forme de clin d'œil ? Non, le sourire de Clémence est intime, sa tête légèrement penchée, elle fixe tendrement son mari, cette photo ne semble pas avoir d'autres destinataires que lui. Je note aussi qu'elle ne sort pas de chez le coiffeur : elle ne lui a pas demandé de la prendre en photo pour envoyer sa nouvelle coupe à une amie. Rien de tout ça. Je crois que Maxime a spontanément pris une photo de sa femme parce qu'il en avait envie.

Pendant que Maxime est sous la douche, j'attrape son téléphone : combien de photos de sa femme possède-t-il ? Je veux dire : des photos de sa femme, pas des photos de famille. Des portraits d'elle, sans leurs enfants, quand ils sont tous les deux, prises de sa propre initiative avec son téléphone portable sans autre but que de garder un souvenir d'elle. Mais son téléphone s'est verrouillé et je n'ai pas le code. Après trois tentatives infructueuses, il se bloque plusieurs minutes. Je dis quelques mots à Maxime à travers la porte de la salle de bains avant de partir.

Je quitte l'hôtel avec légèreté. J'ai passé un bon moment, même si je sais que c'était *pour de faux*, comme disent les enfants. C'était bien, mais ça ne compte pas. Cette liaison ne sera ni féconde ni productive : aucun enfant, aucun mariage, aucun bijou ne sortira de cette fin d'après-midi passée avec Maxime. Même la photo de mon dos, unique témoin de ce moment, a été supprimée. De nous deux, il ne reste déjà plus rien.

C'est le triste constat auquel j'arrive à chaque fois. Car j'essaie régulièrement de prendre un amant. Mais ces rendez-vous n'ont qu'un but : trouver un moyen d'alléger la pression amoureuse qui pèse tout entière sur mon mari en la répartissant entre plusieurs personnes.

C'est la raison pour laquelle je ne me sens jamais coupable d'être infidèle : comment le pourrais-je, puisque je le fais par amour pour mon mari ? Et puis, je sais me poser des limites : je n'ai jamais trompé mon mari que le jeudi. Ce n'est pas la couleur de la trahison pour rien.

Alors je flirte par messages, j'accepte un rendez-vous, je porte une jolie robe, je pense à m'épiler, je me laisse pénétrer quelques fois. Mais je ferais mieux de me rendre à l'évidence : malgré mes efforts, je n'ai jamais réussi à développer des sentiments pour un inconnu. Je suis vraiment incapable de prendre un amant sérieux.

Sur le chemin du retour, je conduis si vite que je manque de percuter une voiture au feu rouge. Et une fois garée dans l'allée, je suis tellement pressée de rentrer chez moi que j'arrive essoufflée sur le pas de ma porte. Quand mon mari apparaît enfin, je suis heureuse de le voir, plus heureuse que d'habitude encore. Il ne me manque jamais autant que lorsque je passe du temps avec un homme qui n'est pas lui. Mon infidélité a eu l'effet inverse à celui escompté : je reviens plus amoureuse encore.

Sans surprise, mon mari ne demande ni où j'étais ni avec qui (est-ce qu'il me fait confiance ou est-ce qu'il s'en moque ?). Je raconte ma réunion pédagogique avec beaucoup de détails, bien qu'il ne me pose pas la moindre question. Je me justifie, mais il ne m'écoute pas. Il interrompt mon récit pour me demander s'il nous reste de la levure chimique quelque part.

La bosse que forme son sexe à travers son pantalon est le seul repas dont j'ai envie pour ce soir. Maxime n'a fait, au mieux, que m'ouvrir l'appétit. J'espère que mon mari voudra me faire l'amour une fois les enfants couchés. Mais je n'en laisse rien paraître car je sais que mon désir pourrait lui faire peur. Ma libido l'intimide. Il faut toujours que l'initiative vienne de lui (le désir masculin est fragile).

Je regarde mon mari se déshabiller avant de prendre sa douche : pull à col rond en coton piqué, chemise Oxford bleue cintrée, pantalon chino beige, caleçon en microfibres, chaussettes en fil d'Écosse. Je connais tous ses vêtements par cœur. Je pourrais en réciter les étiquettes les yeux fermés. Je sais où et dans quelles circonstances il les a achetés – dans quel magasin, lors de quel voyage, pour quelle occasion. Je sais quelle chemise il ne portera pas cette semaine parce que le bord d'un poignet est taché. Cette certitude me rassure : je suis en terrain connu et conquis. L'intimité d'un couple se niche dans les vêtements. Il n'existe rien de plus troublant que de revoir un ancien compagnon et de ne pas reconnaître certains éléments de sa tenue (je connais ses chaussures et ce pantalon, mais depuis quand a-t-il ce bonnet ?).

Pull, chemise, pantalon, caleçon, chaussettes : mon mari superpose les couches comme il superpose les mystères. C'est pour ça qu'il est encore plus beau quand il fait froid. Ce n'est pas un homme de l'été. Je préfère quand il ajoute des épaisseurs, quand ses joues sont rougies par le froid, ses lèvres gercées et ses mains gantées. Sa beauté se révèle emmitouflée. Mon mari est irrésistible dans ses pulls en laine bleu marine, bien plus que lorsqu'il porte des shorts, des lunettes de soleil ou qu'il est en maillot de bain sur la plage. En plus, chaque hiver, mon mari est encore plus beau que l'hiver précédent. C'est en le rencontrant que j'ai compris ce que signifiait l'expression : « Cet homme vieillit bien » (mais est-ce mon regard déformant de femme amoureuse ?).

En ce moment, il est moins beau qu'au milieu de l'hiver, mais il continue évidemment à me plaire. De fait, je l'ai rencontré au mois d'août et je n'ai pas attendu Noël pour tomber amoureuse. Mais je me demande souvent ce qui se serait passé si je l'avais rencontré en hiver : aurais-je osé faire le premier pas ? Ne l'aurais-je pas trouvé trop bien pour moi ? Si je l'avais croisé pour la première fois un 10 décembre et non un 19 août : l'aurais-je jugé inaccessible ?

Moi, l'hiver ne me réussit pas. Je disparais sous des écharpes et des manteaux peu flatteurs pour ma silhouette. En revanche, le soleil me va bien. Ma peau est plus lisse, les robes que je porte mettent en valeur mes jambes et la crème solaire se marie très bien avec mon odeur naturelle. Bref, la saisonnalité de nos beautés ne coïncide pas (et souvent, je me demande : sommes-nous trop différents pour être heureux ensemble ?).

J'écoute discrètement mon mari de l'autre côté de la porte de la salle de bains pour savoir s'il chante un air de chanson française (c'est ce qu'il a dans la bouche quand il est de bonne humeur et qu'il est le plus susceptible de me faire l'amour). Puis, je fais semblant de lire *L'Amant* en l'attendant, en prenant soin d'ouvrir le livre vers la fin (sera-t-il impressionné que je lise aussi vite ?). Quelques instants plus tard, mon mari entre dans la chambre. Il est nu, son sexe est en érection. Je comprends sans trop de difficulté que le programme du prochain quart d'heure ne sera pas le commentaire de ma lecture en cours, ni un débat sur le nouveau roman.

Il ne me déshabille pas, il ne l'a jamais fait. Il me demande d'enlever mes vêtements. Je m'exécute, puis il me pénètre. Je me laisse faire. J'ai passé l'âge de faire des fellations. Et nous avons passé l'âge des expérimentations compliquées.

Il est très dur, mais c'est tout son corps qui est tendu contre le mien comme une longue planche en bois. Je sens son sexe pressant le mien. Je me concentre sur son souffle pour guetter son plaisir. Il impose son rythme et fait confiance à ses mains. Je repense à la moulure de son sexe à travers son pantalon tout à l'heure dans la cuisine. Je le désire comme si je ne l'avais jamais touché.

Mon mari sent encore la transpiration alors qu'il sort à peine de la douche. Cette odeur persistante signifie qu'il s'est dépêché de se laver pour me rejoindre. Il était si impatient de m'avoir qu'il n'a pas pris le temps de se savonner avec soin. Il y a plusieurs années, alors que nous revenions d'un match de tennis, mon mari a voulu prendre une douche avant de me faire l'amour ; mais j'ai osé lui suggérer que l'odeur de sa transpiration m'excitait, et il m'a pénétrée sur le coup. Peut-être s'en est-il souvenu ce soir ? Cette attention me touche.

Les couleurs et les paysages se succèdent sous mes paupières. Quand je fais l'amour avec lui, je ne vois pas des fluides corporels et des corps qui s'entrechoquent, je ne vois pas de sperme et je ne vois pas de verges : je vois des concepts et des couleurs, des formes géométriques et des lieux. Ce soir, c'est tour à tour un ruisseau sauvage, une nature luxuriante, des falaises abruptes, une forêt tropicale humide.

Je retiens mon souffle, je me retiens. Je mets mes doigts dans ma bouche pour ne pas gémir. Mon mari pense sûrement que je fais attention à ne pas réveiller les enfants (heureusement notre maison est conçue pour faciliter notre vie sexuelle, avec leurs chambres à l'étage du dessus). Mais en réalité, j'ai peur que mon désir pour lui ne lui semble monstrueux. J'ai peur que mon excitation ne le dégoûte si je jouis trop fort.

Je suis au-dessus de lui quand j'aperçois la petite bourse en tissu cachée sous le matelas, qui dépasse un peu. Je parviens à la faire glisser sous le lit du bout des doigts sans qu'il le voie. Trois pétales de rose, une pincée de gros sel, un ruban rouge : la recette millénaire d'un philtre d'amour censé prolonger le désir. Je ne sais pas si je crois à ces choses-là. Mais on a un rosier dans le jardin, donc j'aurais tort de m'en priver.

Mon mari m'attrape les seins alors qu'il me retourne contre lui, ce qui me surprend car il n'a jamais été particulièrement gourmand de ma poitrine. De toute façon, je n'ai jamais compris son désir. Plus précisément, je n'ai jamais compris son érotisme. Je ne sais pas où il se situe, dans quel détail, dans quelle odeur, dans quel scénario, dans quelle dentelle, dans quel fantasme (après quinze ans ensemble, je ne saurais toujours pas dire si mon mari est plutôt fesses ou seins). Ce soir, je sens mon mari très excité, mais sans savoir pourquoi.

A-t-il fait un rêve érotique la nuit dernière (ce qui expliquerait ses mots d'amour nocturnes, même s'il ne s'en souvient pas au réveil) ? Est-ce l'effet d'un décolleté aperçu cet après-midi en salle de réunion ou de la confession déplacée d'un collègue ? Est-ce qu'il a retrouvé une maîtresse pendant sa pause déjeuner ? Est-ce qu'il a fait avec elle des choses que nous n'avons jamais faites ensemble ? Est-ce qu'il a trouvé dans un autre lit ce qu'il n'avait plus envie de chercher dans notre mariage ? Est-ce pour cette raison qu'il est soudainement si ardent ? Ou vient-il au contraire de quitter sa maîtresse ? Est-ce que ses pénétrations répétées me crient son désespoir de ne plus jamais la toucher ? Autre possibilité encore : est-ce le résultat d'une sorte d'instinct viril réveillé par l'odeur de Maxime sur ma peau ? J'ai déjà remarqué que mon mari me faisait toujours l'amour les jours où j'avais couché avec un autre homme.

J'enfouis le nez dans son cou pour guetter l'odeur d'une autre femme sur sa peau. Il n'y a rien. Mon mari n'a pas de maîtresse. Et au fond de moi, je le sais bien. Mais même enfoncé en moi, mon mari m'est inaccessible. Même ici, il continue à me manquer très fort. Quand il quitte mon corps, il y laisse une plaie béante, un vide affreux, une blessure prête à s'infecter.

Vendredi

Assise à la table du petit déjeuner, j'analyse la géographie de nos corps. Je me rends compte que je me penche en direction de mon mari quand il me parle. C'est mon corps et non le sien qui se déplace : je change de position, je m'approche, je me tords le cou. Mon mari se tient le dos bien droit et regarde en face de lui quand il mange. Moi, je suis bancale et déséquilibrée.

Cette vérité me frappe quand nous nous levons pour nous resservir du café : la chaise de mon mari est parfaitement centrée. La mienne au contraire est tournée vers la gauche, braquée vers celle de mon mari.

Je suis persuadée que si je réalisais une carte de mes micro-déplacements quotidiens, le tracé révélerait la disposition suivante : mon mari est le soleil autour duquel la plupart de mes mouvements gravitent. Je vais l'accueillir dans l'entrée quand il rentre le soir, je vais m'asseoir à côté de lui sur le canapé, je m'approche quand il me parle depuis la cuisine et que je me trouve dans le salon. Pour lui, je change de pièce. À cause de lui, je suis toujours la dernière à quitter la table. J'éteins les lumières, je le suis dans les escaliers, je reste dans son ombre, je passe derrière. En revanche, mon mari n'est pas influencé par mes propres allées et venues. Ma force gravitationnelle n'est jamais suffisamment puissante pour le faire dévier de sa trajectoire.

Quelles lois physiques décident de notre course dans l'espace ? Qu'est-ce qui détermine notre vitesse et notre force ? Quelle est la formule ? Quand je rejoins Lucie le samedi matin au tennis, nos corps se retrouvent à mi-chemin : je passe la porte du club, je la vois assise dans un fauteuil près de l'accueil, elle m'aperçoit à son tour, se lève et s'avance vers moi pendant que je fais de même. Notre point de contact se situe au milieu du hall, ce qui me semble être une manière parfaitement saine de se mouvoir. Pourquoi les lois qui régissent mes déplacements avec Lucie sont-elles différentes de celles qui ont cours avec mon mari ?

Mes enfants mangent en silence, les regards encore endormis et les pyjamas froissés. Seul le bruit des cuillères et des bols qu'ils reposent à rythme régulier compose une musique agaçante. Je les observe avaler leurs tartines et se chuchoter quelques mots à l'oreille. Leurs chaises sont si rapprochées qu'elles sont presque collées.

Je déteste les enfants qui parlent trop fort. Le niveau sonore socialement acceptable en dessous de douze ans m'a toujours paru excessif. Sous prétexte que ce sont des enfants, que leur voix n'est pas encore tout à fait formée, ils pourraient parler plus fort que les adultes. J'aurai au moins réussi une chose dans l'éducation des miens : mes deux enfants parlent tout bas. Même quand ils étaient petits, ma maison n'a jamais débordé de cris.

Mon mari m'informe qu'il compte retourner nager ce soir après le travail, puis qu'il a rendez-vous pour dîner avec un ancien collègue de passage en ville. J'affiche une attitude froide et impassible (ne pas lui montrer que ça me touche), mais je fixe – comme une bouée de sauvetage en plein naufrage – mon téléphone que j'ai de nouveau laissé sur la table de la cuisine. Je m'étais promis d'arrêter mais j'ai de plus en plus de mal à croire en mes bonnes résolutions, en particulier quand mon mari m'annonce cruellement qu'il ne passera pas la soirée à la maison.

Heureusement, ce petit déjeuner est un moment calme, ce qui me permet d'écouter attentivement les annonces de mon mari (la piscine et le dîner). Je me concentre sur ses mots pour espérer ne pas ressentir le besoin d'y revenir plus tard, de me refaire toute la scène.

Dans notre chambre, les vêtements de mon mari sont par terre dans un coin, sa serviette encore humide sur le lit. Je la ramasse et l'étends. Je ne fais aucune remarque sur ses affaires qui traînent. Je ne dis rien non plus du désordre dans la salle de bains, de la table du petit déjeuner qu'il n'a pas débarrassée, de ses dîners en ville, de ses soirées à la piscine. Jamais aucun reproche de cet ordre. Je refuse qu'on se laisse aller à des disputes aussi conformistes.

D'ailleurs, nous nous disputons peu. C'est peut-être ce qui nous a manqué. Pourtant j'adore les conflits, la vaisselle brisée et les portes claquées. J'ai toujours trouvé les unions tranquilles sans intérêt. Les couples qui ne se disputent jamais dégagent quelque chose de bas de gamme, et je les ai toujours suspectés de moins s'aimer. Cependant, j'ai également toujours refusé les brouilles ordinaires. Que mon mari ne fasse pas la vaisselle après le repas ou ne sache pas repasser une chemise sont des choses contrariantes, mais c'est un obstacle que je m'imagine pouvoir surmonter ; en revanche, je ne pense pas pouvoir supporter une dispute d'une telle banalité et pour un motif aussi trivial. Si nous nous disputons, il doit au moins être question de jalousie et de doutes profonds, de drame existentiel et de remises en question douloureuses. Je crois qu'il est essentiel pour un couple que ses disputes parlent d'amour.

J'écoute la radio d'une oreille en essuyant la table du petit déjeuner, mais j'ai du mal à sortir de ma nuit. Je suis encore dans l'état d'irréalité qui persiste quand je me réveille trop vite et que mon rêve se superpose à la journée qui commence.

J'ai encore rêvé que mon mari était un chevalier et que j'étais sa promise. Dans ce rêve, mon mari est confronté à une série d'épreuves pour pouvoir me rejoindre : combats d'épée, dragons, duels, courses à cheval, concours de poésie, précipices dangereux.

Le déroulement du rêve est toujours le même. Mon mari surmonte tous les obstacles qui se dressent devant lui. Il affronte ses concurrents avec succès ; c'est un cavalier hors pair et un courtisan sans égal. Cependant, chaque victoire à une épreuve sonne le début de l'épreuve suivante. Il continue sans relâche, gagne chacune d'elles mais finit par mourir d'épuisement, prisonnier d'un tournoi amoureux perpétuel.

Sauf que, pour la première fois, mon rêve ne s'est pas terminé ainsi. Cette nuit, mon mari a survécu. Comprenant qu'il n'y avait pas de victoire possible, que c'était un piège, il a déclaré forfait et il est parti. Je n'aime pas ce rêve, mais c'est un rêve récurrent, et un rêve récurrent n'est pas censé changer de dénouement.

Je me ressers une tasse de café. Mon rêve se dissipe, et le sentiment diffus qui l'accompagne perd en intensité jusqu'à disparaître tout à fait pour laisser place au vendredi.

Le vendredi n'est pas propice à la concentration. C'est un peu de la légèreté des grandes vacances retrouvée chaque semaine, une journée volatile comme du gaz et régressive comme de la purée maison. Difficile de travailler un vendredi, même plongée dans mon manuscrit. Si seulement je trouvais une traduction satisfaisante pour le titre du roman ! *Waiting for the day to come…*

Heureusement, le vendredi me porte bonheur grâce à sa couleur, le vert. Ce n'est pas qu'une superstition, il y a des faits qui ne trompent pas. Dès que j'en ai eu vraiment besoin, j'ai cherché du vert autour de moi, dans un objet à proximité ou dans un paysage : si j'en trouvais, je savais que l'issue me serait favorable. Le jour où j'ai accouché de mon fils, j'étais terrifiée. Mon mari m'a rejointe à l'hôpital, il portait son t-shirt vert : l'accouchement s'est très bien passé. Le jour où nous avons visité pour la première fois cette maison qui deviendrait la nôtre, les volets verts m'ont confirmé que nous faisions le bon choix. Le jour où nous avions rendez-vous pour signer l'achat de notre maison, la porte verte du notaire, à laquelle je n'ai fait attention qu'en partant, aurait dû me rassurer sur le fait que mon mari était déjà à l'intérieur. Si j'ai vécu une enfance aussi heureuse, je suis persuadée que c'est en partie grâce aux yeux verts de ma mère. Mais le vert peut parfois se révéler à moi de manière détournée : le soir où j'ai rencontré mon mari, le groupe anglais qui jouait s'appelait The Green Peas.

Mon regard se perd par la fenêtre, sur la pelouse verdie par la rosée, sur les feuilles agitées par le vent, ce vert omniprésent qui me porte chance plus qu'aucune autre couleur. Et si l'explication venait de la physique ? Après quelques recherches sur Internet, je découvre que son spectre chromatique correspond à la longueur d'ondes 525. Évidemment. J'ai grandi au 52 de la rue Victor-Basch et je suis née dans le Doubs, le département 25. 525. Les meilleures explications sont les plus rationnelles.

J'ai toujours vu les jours en couleur. C'est même ainsi que je me repère dans le temps. Lorsque je prends rendez-vous quelque part, j'ai rarement besoin de le noter : mon emploi du temps apparaît devant mes yeux sous forme d'une frise colorée.

Quand j'étais petite, je pensais que c'était pour tout le monde pareil ; je me figurais que les nuances de couleurs étaient peut-être différentes selon les gens, mais que chacun possédait son propre arc-en-ciel mental. C'est à l'école primaire que j'ai découvert, assez douloureusement d'ailleurs, que ce n'était pas le cas. J'avais dit « jaune » au lieu de « jeudi » pour demander quand aurait lieu la sortie scolaire que j'attendais avec impatience. La maîtresse a ri de mon lapsus, et quand elle m'a corrigée j'ai tenté d'expliquer que, de toute façon, c'était la même chose, persuadée qu'il était évident pour tous que le jeudi était jaune. Rires entre les rangs, et humiliation de la part de la maîtresse qui expliqua devant toute la classe que confondre les couleurs et les jours de la semaine à sept ans, c'était très grave : est-ce que j'avais envie de retourner avec mes petits camarades de maternelle ? Prenant ma remarque pour de l'insolence, elle m'avait réprimandée en conséquence. Pendant des semaines, on n'a pas manqué de me traiter de sorcière et de menteuse, de dire que j'étais bizarre.

Ce n'est que bien plus tard que je me suis rendu compte que cette perception colorée du temps influençait aussi ma perception visuelle. J'ai mis longtemps à me le formuler clairement, même si certains indices auraient dû me mettre sur la voie : la teinte d'un rouge à lèvres allait me sembler gourmande et sensuelle un jeudi soir, mais fade et sans saveur un dimanche matin ; il y a certaines robes que je ne porte que le mercredi, d'autres seulement le vendredi. Le mardi, le jour du noir, je suis plus sensible aux ombres et au clair-obscur (j'ai l'impression de vivre dans un tableau de Caravage, et je me suis déjà sérieusement demandé si le peintre italien n'avait peint ses toiles que le mardi). Et puis, il y a eu cette exposition consacrée au peintre David Hockney il y a dix ans. Émerveillée, j'ai tenu à y retourner le lendemain. Mais les tableaux me sont apparus très différents de ceux que j'avais découverts la veille. Ils me plaisaient toujours, mais quelque chose avait changé. Je ne pouvais tellement pas en croire mes yeux que je suis allée demander à l'accueil s'ils avaient changé l'éclairage pendant la nuit. C'est ce jour-là que j'ai compris.

Aujourd'hui, je sais que, le lundi, les objets bleus apparaissent avec plus d'intensité dans mon champ de vision, et que le mercredi c'est l'orange. Mardi, j'ai longuement cherché mon carnet jaune, celui contenant le vocabulaire scientifique pour mes traductions, incapable de remettre la main dessus. Jeudi, j'ai retrouvé le carnet sur le meuble de l'entrée : sans surprise, j'ai dû attendre le jeudi pour voir apparaître cet objet jaune. C'est comme si chaque jour de la semaine plaçait un filtre devant mes yeux – une caméra avec un grain bien à elle, ou une pellicule avec une certaine sensibilité à la lumière. Chaque matin, c'est tout mon paysage qui change légèrement de ton.

Je travaille plusieurs heures sur ma traduction quand le titre m'apparaît soudain au détour d'un chapitre. L'attente, le mouvement, l'imminence, l'aube, les points de suspension, la poésie. Tout y est. *Waiting for the day to come*... En attendant le jour qui paraîtra bientôt.

Cinq indices pour savoir s'il vous trompe, les trois choses à faire pour le rendre fou de vous, les dix secrets des couples qui durent : je m'arrête en priorité sur les articles aux titres prometteurs. Puisque je n'arrive plus à me concentrer sur ma traduction, autant mettre à profit le reste de ma journée. Et comme le vendredi est le jour de Vénus, la déesse de l'Amour, je consacre sans culpabiliser une partie de mon après-midi à mon apprentissage amoureux sur Internet.

Je paie pour accéder à certains contenus. Je regarde attentivement plusieurs vidéos, parcours des listes de conseils et d'exercices dans des magazines féminins. Un test en ligne m'indique que mon mariage est en danger et que je dois rapidement me reprendre en main. À force, je vais bien finir par retenir quelques leçons : laisser beaucoup d'espace à mon mari, être distante pour cultiver le mystère, le rendre jaloux, ne pas lui confier ce que je ressens pour ne pas l'étouffer, ne pas l'encombrer avec un excès d'émotivité et de sentimentalisme, ne surtout pas me laisser aller physiquement.

Ce qui revient le plus souvent, c'est l'injonction au mystère : ne pas tout dévoiler. Les mots d'ordre sont : être froide, inaccessible et distante. Certes, il est plus facile pour moi de m'absenter maintenant que les enfants ont grandi. Mais la plupart du temps, je suis encore assignée à résidence. Au quotidien, je n'ai d'autre choix que d'être présente et disponible : je suis devant la grille pour aller chercher les enfants à l'école, dans leurs chambres pour vérifier leurs devoirs, dans la cuisine en train de préparer le repas, dans notre lit en train de dormir, chez mes beaux-parents le dimanche midi, près de mon téléphone pour savoir si je vais chercher les enfants au conservatoire ou si mon mari s'en charge. La vérité est là : je suis une femme facile d'accès. Pour des raisons logistiques évidentes, le comportement mystérieux qu'on me conseille d'adopter est difficile à tenir quand on est mariée avec deux enfants.

Évidemment, je diversifie mes sources : magazines féminins, psychologie, études statistiques, astrologie, astronomie, philosophie politique, développement personnel, stylisme, sciences cognitives, histoire, décoration, sociologie, jardinage, anthropologie, géographie – je m'intéresse à tout ce qui peut m'être utile dans la conduite de ma vie amoureuse.

Ce carnet vert d'apprentissage amoureux n'est pas mon unique carnet. J'en ai de nombreux auxquels je tiens beaucoup, dont chacun a sa fonction. Il y a quelques années, j'ai par exemple commencé à tenir un carnet musical. La musique que mon mari écoute me donnant de sérieux indices sur son état d'esprit, j'ai décidé de répertorier minutieusement toutes ces données. Par exemple, quand il fredonne de la chanson française, cela signifie qu'il est de bonne humeur ; sa consommation de chanson française est également corrélée à son niveau d'excitation sexuelle. La musique brésilienne témoigne du fait qu'il est calme et serein. Au contraire, quand il écoute de la pop, c'est rarement bienveillant : il devient froid et distant, et les paroles sont souvent des attaques personnelles.

Tenir des carnets me rassure et m'aide à garder le contrôle. Je consulte mon carnet d'apprentissage amoureux dans les moments de doute. Avant mon rendez-vous avec Maxime hier, les phrases inspirantes sur l'amour qui dure m'ont donné le courage d'aller le retrouver. Je savais que je trompais mon mari pour les bonnes raisons (avoir un amant contribue à me rendre inaccessible et mystérieuse). Je savais que j'allais dans la bonne direction.

Bien sûr, ce carnet me rappelle aussi douloureusement mon statut d'éternelle débutante. Bien sûr que c'est aussi un constat d'échec. Dresser une liste de règles à suivre pour que l'homme qui partage ma vie reste amoureux de moi m'attriste. Pourquoi suis-je condamnée à l'inexpérience des premières relations à quarante ans ?

En amour, je n'ai jamais rien appris. Depuis l'adolescence, je répète le même schéma : j'aime tellement fort que je me consume dans mon propre amour (en analyses, en jalousie, en doutes) – si bien que lorsque je suis amoureuse, je finis toujours par être un peu éteinte. Quand j'aime, je deviens sévère, triste, intolérante. J'installe une ombre de gravité sur mes amours. J'aime et je veux être aimée avec tellement de sérieux que cet amour devient vite épuisant (pour moi, pour l'autre). Bref, j'ai l'amour malheureux.

Adrien, Antoine, Arnaud : mon envie d'aimer a toujours été si grande qu'à quelque objet que je l'attachais, j'aimais avec la même intensité. Pour me consoler de l'un je passais dans les bras de l'autre, incapable d'être seule. Seule ma dépendance à l'amour, plutôt qu'à l'un ou à l'autre de ces garçons, était une constante.

Mon besoin inépuisable d'amour a suscité chez eux des réactions opposées. Pour certains, il était vécu comme une preuve excessive mais rassurante d'attachement. Pour d'autres, c'était plutôt une responsabilité effrayante et culpabilisante. Mais dans tous les cas, mes histoires d'amour se soldaient par des échecs. Alors quand j'ai rencontré mon mari, ce parfait *husband material*, j'ai décidé de ne rien laisser paraître de ma dépendance. Je venais d'avoir vingt-cinq ans, je ne pouvais plus me permettre de tout gâcher en exprimant trop clairement mes intentions (trouver l'homme de ma vie). Aujourd'hui j'ai appris à le cacher, je sais mieux faire semblant, mais au fond il n'y a qu'une seule chose capable de me faire sortir de mon lit à toute heure du jour et de la nuit : l'amour. Je n'ai jamais réussi à diversifier mes centres d'intérêt.

Ce schéma amoureux m'a condamnée à mêler l'amour aux larmes. Même le jour de mon mariage, je n'y ai pas échappé. J'ai dû m'éloigner dans les vignes pour pleurer en plein milieu de la soirée. Je me souviens que la musique et les lumières de la piste de danse ont rapidement laissé place au silence et à l'obscurité. Sous mes doigts, des grains de raisin verts translucides. Ma mère avait dû me voir quitter la soirée, car elle était tout à coup derrière moi. Elle n'a pas eu l'air surprise par les deux larmes transparentes sur mes joues, peut-être parce qu'il est socialement admis qu'une mariée pleure le jour de son mariage (un trop-plein d'émotions positives, je suppose). Mais ses mots n'allèrent pas dans ce sens :

– Tu as l'amour triste toi, tu es comme ta mère, m'a-t-elle murmuré en me prenant dans ses bras avec autant de tendresse que le monde en contient.

Mariée depuis à peine quelques heures, mon amour pour mon mari m'était déjà douloureux, et j'apprenais, comme Phèdre, que ce mal était peut-être héréditaire.

Debout sur une chaise, j'accède à mes produits capillaires cachés tout en haut de notre dressing, loin de la vue de mon mari. Dans une boîte à chaussures : un masque éclaircissant, un soin pour cheveux colorés, un shampoing à la camomille pour cheveux blonds. Rester blonde quand on est né avec les cheveux châtains demande un certain investissement.

Quand j'ai rencontré mon mari, j'étais d'un blond éclatant. Je m'étais éclairci les cheveux au début de l'été, le soleil et la mer s'étaient chargés d'accentuer ma nouvelle couleur. Lorsque mon mari s'est éloigné pour recommander un verre au bar, l'ami qui l'accompagnait s'est approché de moi et m'a dit : « C'est fou ce qu'il aime les blondes, tu as fait mouche on dirait ! »

J'ai effectivement découvert par la suite que toutes ses anciennes petites amies l'étaient, à l'exception d'une Espagnole à la peau mate (sa couleur de cheveux m'a empêchée de dormir pendant des semaines : est-ce que cela signifiait qu'il l'aimait plus que les autres ?).

Après notre rencontre, ce malentendu m'a contrainte à entretenir mon blond avec des produits éclaircissants que je cache pour que mon mari ne se doute de rien. Je ne lui dis pas non plus quand je vais chez le coiffeur pour un balayage ou une teinture. Je ne sais pas si mon mari connaît ma couleur naturelle. J'ai refait mon passeport il y a neuf ans. Pour la couleur de mes cheveux, j'ai indiqué le blond.

J'applique le soin censé faire durer ma couleur plus longtemps (si seulement il était aussi simple de faire durer un couple) et le laisse agir en déambulant dans la maison. J'attends. J'attends que le soin fasse effet. J'attends qu'il soit enfin l'heure d'aller regarder le courrier.

Je commence par vider ma boîte à bijoux pour accéder au double fond. À l'intérieur : la clef de la boîte aux lettres et ma première bague de fiançailles. Un faux diamant énorme, brillant et puissant, que je me suis offert pour 19 euros et 99 centimes à mon vingt-deuxième anniversaire. J'en mourais d'envie depuis des mois. Un caprice, une bizarrerie peut-être. Est-ce que ça pourrait être mal perçu de jouer à me faire passer pour une femme mariée ? Je me suis rassurée en me disant que c'était une étrangeté inoffensive : je ne faisais de mal à personne. Il n'est pas interdit de porter un solitaire à l'annulaire si ça nous plaît.

Ma bizarrerie s'explique, pourtant. Car il existe une expression pour décrire mon état d'esprit à cette époque : je voulais que ma vie prenne forme. Je voulais qu'elle se transforme en quelque chose de durable et de ferme. Comme l'argile qui sèche pour devenir de moins en moins malléable, moi aussi je voulais sécher et durcir. J'avais vingt-deux ans et je commençais à m'impatienter. Je voyais la vie de mes amies se stabiliser pendant que la mienne restait incertaine – amitiés fragiles, projet professionnel encore indécis (enseigner ou me lancer dans une thèse de littérature anglaise ?), changements de style vestimentaire récurrents (dont mon dressing est le témoin). Et surtout, je n'avais pas trouvé l'homme de ma vie – aucun candidat à l'horizon susceptible d'être un sérieux *husband material*.

Pour patienter en attendant que ma vie prenne forme, je me suis offert ce solitaire. Je le portais pour faire mes courses ou aller courir. Dès la première fois, l'effet s'est fait sentir. Mon intuition était donc fondée : payer à la caisse et transpirer dans un parc prenaient effectivement une autre dimension la bague au doigt. Tout à coup, les tâches les plus ingrates m'apparaissaient beaucoup plus supportables. Je ne saurais pas l'expliquer, mais mon prétendu statut de femme mariée criait enfin au monde que mon existence avait de la valeur. C'est dans le regard des autres que la transformation eut lieu : on pense que je suis attendue, que j'ai mieux à faire ailleurs. Évidemment, je ne la portais pas dans les lieux où j'étais susceptible de rencontrer un mari potentiel.

Trois ans plus tard, j'ai rencontré mon mari. Deux ans plus tard, il m'en a offert une vraie pour faire sa demande, et j'ai pu tirer un trait sur ma bague en faux diamant. Il savait que je voulais un solitaire de type cathédrale, il ne pouvait pas se tromper. Ma bague actuelle ressemble donc à s'y méprendre à cette bague d'impatience que je m'étais achetée. Je la range depuis dans le faux fond de ma boîte à bijoux, et je la ressors parfois avec un peu de nostalgie. Je l'observe attentivement en la faisant tourner à la lumière : jolie pour une imitation, mais je préfère la vraie.

15 heures. C'est l'heure où il y a le moins de passage dans le quartier. Les voisins rentrés pour le déjeuner sont déjà repartis travailler. Il est trop tôt pour qu'un cadre ait fini sa journée, même un vendredi. Les départs anticipés en week-end sont tous terminés : le chargement des coffres pour les maisons de campagne a eu lieu un peu avant 14 heures.

La rue est vide. Je sors la clef de sa cachette, traverse le jardin, ouvre la boîte aux lettres furtivement. J'en inspecte le contenu du bout des doigts : inoffensif (impôts, mutuelle et banque). Puis je la referme en laissant le tas de lettres comme je l'ai trouvé.

Personne ne m'a vue. J'ai bien fait d'attendre. Lundi, j'ai manqué de prudence en m'y rendant une demi-heure trop tôt, et je me suis laissée surprendre par un voisin. J'ai pris cet incident très au sérieux : il faut que je reste fidèle aux mêmes rituels. À ne pas respecter les règles que je me suis fixées, c'est le genre d'erreurs que je commets – anodines en apparence, mais qui pourraient un jour me compromettre. Lundi soir à table, mon mari m'a informée qu'il avait trouvé la boîte aux lettres ouverte. J'étais pétrifiée, mais j'ai joué la comédie avec facilité :

– Tu es tellement distrait que ça ne m'étonnerait pas que tu aies oublié de la refermer samedi, ai-je répondu.

– Oui, tu as raison, a acquiescé mon mari.

Je m'en suis tirée pour cette fois.

Moi, je ne suis pas censée avoir cette clef. Les choses se sont organisées de telle manière que je n'en ai pas besoin. En rentrant du travail, c'est mon mari qui relève le courrier. Il arrive les deux mains prises, les enveloppes d'un côté et la baguette de l'autre, ce qui m'empêche toujours un peu de le serrer dans mes bras.

Pendant des années, c'est moi qui suis allée chercher le courrier. Je lui ai prêté la clef il y a trois ans. Je devais partir tout le mois de juillet en vacances avec les enfants pendant qu'il resterait à la maison. Je ne l'ai pas récupérée à mon retour, et c'est ainsi que la transition silencieuse a eu lieu.

L'année dernière, le zèle avec lequel mon mari ouvrait et refermait la boîte aux lettres a soudainement commencé à m'angoisser : pourquoi tenait-il à s'occuper du courrier ? Pourquoi lui qui était si distrait n'oubliait-il jamais de le faire ? Il n'a pas su me répondre. Pendant des mois, je me suis demandé si mon mari entretenait une correspondance avec une autre femme, ou s'il recevait des lettres anonymes – quelqu'un aurait eu connaissance d'une liaison passée ou d'un enfant illégitime et essaierait de le faire chanter. Cela expliquerait pourquoi, quand j'ai soumis à mon mari l'idée que nous puissions me faire faire un double des clefs, il s'est contenté de hausser les épaules en répondant que ce n'était sûrement pas nécessaire.

J'ai alors été contrainte de mettre en place un stratagème efficace, mais fastidieux. J'ai prétexté avoir perdu mon trousseau de clefs un jour où mon mari était en déplacement. Je suis allée chez ses parents récupérer leur double contenant également, je le savais, la clef de la boîte aux lettres. J'en ai fait faire une que je cache depuis dans ma boîte à bijoux. Le soir même, j'ai mentionné l'épisode à mon mari au téléphone. Je lui ai expliqué avoir retrouvé mes clefs sous le siège de la voiture. Il a eu l'air de ne se douter de rien. Peut-être avait-il oublié que le double chez ses parents contenait également la clef de notre boîte aux lettres. Depuis, je vérifie régulièrement le courrier et je suis beaucoup moins angoissée : aucun maître chanteur à l'horizon, aucune lettre d'amour enflammée à signaler.

De retour à la maison, je commence par son cartable. Puis je passe aux poches de ses pantalons. Je déplie tous les tickets de caisse chiffonnés. Je lis l'heure, la date, le lieu et le montant. Malheureusement, ces détails ne m'évoquent rien car je ne suis pas assez rigoureuse pour recouper ces informations : je n'arrive pas à déterminer si les déjeuners et les sorties dont il m'a tenue au courant coïncident avec ces relevés. Alors je vérifie simplement qu'il ne s'est pas rendu dans une ville dont il ne m'aurait pas parlé ou qu'il n'a pas fait une dépense au montant inhabituel.

Je tombe sur un ticket de caisse de la fromagerie du centre-ville daté de dimanche dernier. Mon mari en a eu pour 75,23 euros. Beau montant, c'est davantage que la semaine précédente (plus il fait des courses importantes, plus j'ai l'impression qu'il m'aime). De la crème fraîche et du lait, des œufs pour ses omelettes, du comté pour moi, du fromage de brebis pour les enfants, du chèvre frais pour nos salades, du roquefort qu'il a cuisiné en sauce jeudi : de quoi tenir plus d'une semaine. Dix jours au moins. Un beau butin. Le ticket de caisse d'un père de famille (on y trouve les fromages préférés de chacun d'entre nous). Le ticket de caisse, aussi, d'un homme qui ne compte pas (j'imagine qu'il a froissé le bout de papier avec désinvolture avant de le glisser dans la poche de son pantalon en sortant de la fromagerie, sans même regarder le montant). Le ticket de caisse, enfin, d'un homme qui aime sa femme et qui n'a pas prévu de la quitter la semaine suivante puisqu'il a acheté du fromage pour dix jours.

Pour finir, son ordinateur. Il n'en a pas changé le code d'accès depuis des années. C'est toujours ce que je fouille en dernier, car c'est ce que je déteste le plus faire. Lire ses mails me tord les boyaux. Je sais que mon mariage ne tient qu'au message suivant.

Désormais, je peux accéder à tout ce que contient son téléphone depuis son ordinateur – tout est connecté en un seul et même compte, ce qui me fait gagner un temps fou. Je ne lis pas en détail ce qu'il écrit à sa famille ou à ses amis. Ces échanges relèvent de sa vie privée. En revanche, je parcours attentivement les messages destinés à d'autres femmes ou aux personnes susceptibles d'être des alibis : à Zoé, notre baby-sitter, à Maud, la professeure de piano de notre fille, à Sylvie, la mère du meilleur copain de notre fils, à Damien, son collègue du bureau de Milan, à Serge, l'ami avec qui il va parfois nager. Je jette également un œil aux dernières adresses dans son GPS : aucun hôtel à la campagne ou restaurant romantique avec vue panoramique.

Tout va bien. Je respire de nouveau. Chaque semaine, l'inquiétude est toujours intacte. Pourtant, je dois admettre qu'en quinze ans de vie commune je n'ai jamais rien découvert de dramatique : aucun site de rencontres extraconjugales dans son historique, aucun contact de prostituées dans son répertoire. Pas de maîtresses ni de messages inappropriés avec mes plus proches amies non plus.

En revanche, j'ai déjà trouvé des échanges au ton un peu trop familier, ou des messages adressés à des femmes que je ne connaissais pas. Dans le meilleur des cas, je comprendrais plusieurs semaines plus tard de qui il s'agissait car mon mari m'en parlerait spontanément : la femme d'un ami, une ancienne collègue, une connaissance intéressée par un poste dans son entreprise.

Il y a quelques mois, je suis tombée sur un échange de mails avec une certaine Éléonore dans lequel elle lui proposait de se parler rapidement par téléphone. J'en étais sûre : ils préféraient s'appeler pour ne pas laisser de trace écrite. J'en ai eu mal au cœur pendant des jours. Puis un soir il m'a annoncé à table, l'air de rien : « Au fait, je suis en contact avec Éléonore, la femme de Valentin, tu te souviens ? Elle m'a appelé car elle organise un anniversaire surprise pour ses cinquante ans. Elle voudrait que je m'occupe de contacter ses anciens collègues de l'équipe d'Oslo. C'est sympa, non ? La fête aura lieu fin février, j'espère qu'elle ne tombera pas en même temps que la soirée chez ton éditeur. C'est le 15, un samedi soir, tu pourras vérifier ? »

Évidemment, je préférerais que mon mari tienne un journal intime : je n'aurais qu'à le lire pour connaître le fond de ses pensées, et je pourrais me dispenser de fouiller dans ses affaires. Quel gain de temps ce serait.

Le problème majeur que soulève cette habitude est évidemment celui de la surprise. Mon mari n'a jamais pu m'organiser quoi que ce soit sans que je l'apprenne avant. Aujourd'hui, ça ne manque pas. Je tombe sur deux billets d'avion pour Venise début août. Maintenant, je n'ai plus qu'à attendre qu'il me l'annonce et feindre l'étonnement. Mais je suis un peu embêtée car j'aurais préféré retourner à Rome. Je vérifie les détails de la réservation : les billets sont encore échangeables pendant un mois. Je n'ai plus qu'à lui suggérer subtilement que je rêve de revoir le Colisée, ou lui rappeler que nous ne sommes jamais allés au Vatican. Pour engager la discussion, je peux peut-être lui proposer que l'on regarde ensemble *Vacances romaines*, c'est l'un de mes films préférés.

En parcourant le mail de la compagnie aérienne (ce n'est pas donné à cette période de l'année, mon mari doit vraiment beaucoup m'aimer), je me demande s'il a eu besoin de vérifier ma date de naissance au moment de réserver. Est-ce qu'il la connaît par cœur ? Est-ce qu'il l'a indiquée dans le formulaire sans se poser la moindre question, avec le même naturel que si c'était la sienne ? Cette histoire de date de naissance m'a mise dans l'embarras il y a quelques années. Je devais passer une semaine à New York avec mon éditeur pour rencontrer l'auteur de polars dont j'allais traduire le livre. J'ai fait une demande de visa, une simple formalité. Pourtant, quelques jours avant le départ, j'ai failli ne pas pouvoir partir parce que j'avais indiqué la date de naissance de mon mari et non la mienne dans le formulaire officiel. Je n'ai même pas été étonnée de ma confusion.

C'est une erreur qui me surprend à peine venant de moi.

Parfois, je me demande si je devrais me sentir coupable de fouiller dans les affaires de mon mari. Mais j'arrive toujours à la conclusion que non, pour une raison simple : je rêverais qu'il fasse la même chose. J'aurais enfin la preuve de sa jalousie et la confirmation de son attachement. Malheureusement, je sais qu'il ne le fait pas.

Mon mari n'a jamais lu la lettre d'amour qui décrit avec des mots crus une passion dévorante hors mariage. Je l'ai écrite uniquement pour vérifier s'il fouillait dans mes affaires. Je l'ai déplacée dans toute la maison – sous mes foulards dans le tiroir de la commode, à l'intérieur d'une boîte à chaussures dans l'entrée, une corbeille en osier sous ma table de nuit, entre les pages du livre le plus épais de la bibliothèque –, mais mon mari ne l'a jamais trouvée. Ou plutôt : il n'a jamais pris la peine de la chercher. Même posée en évidence sur mon bureau depuis mardi (on ne peut pas faire plus exposé), il n'y a pas touché. Je le sais car j'ai déposé un cheveu entre les pages, et refermé l'enveloppe de manière à voir d'un coup d'œil si mon mari l'avait ouverte (j'en ai plié discrètement les bords). Hélas, mon mari n'est pas curieux de moi. Ce constat est chaque fois si douloureux que je me suis imposé une règle : ne pas vérifier plus d'une fois par semaine. J'ai choisi le mardi.

Si mon mari prenait un jour la peine d'ouvrir cette lettre, je sais ce que je lui répondrais. J'ai déjà écrit le scénario. Il serait fou de jalousie (c'est un spectacle auquel je rêve d'assister, ne serait-ce qu'une fois dans ma vie) et je lui rétorquerais d'un air amusé que cette lettre n'est pas de moi. Elle est bien écrite de ma main, mais il s'agit de la traduction d'un extrait de la correspondance d'une poétesse anglaise du XVIIe siècle à son amant ; je lui expliquerais que mon éditeur a un moment envisagé de la publier et qu'il m'a demandé de travailler sur une ébauche de traduction. Je sortirais de la bibliothèque la correspondance originale et nous ririons de sa méprise. Le moment serait exceptionnel et sublime.

Mais mon mari se moque de ce que je peux lui cacher. Il ne s'est jamais rendu compte que j'allais voir d'autres hommes. Pourtant, je ne supprime aucun des messages que je reçois ; je ne prends pas non plus de douche pour effacer l'odeur de leurs corps sur le mien. Je sais que je ne mentirais pas si mon mari me demandait, droit dans les yeux : « Est-ce que tu étais avec un autre homme cet après-midi ? » Mais il ne pose jamais aucune question. J'ai beau disséminer des indices, il n'en fait rien. J'ai laissé traîner *L'Amant* de Marguerite Duras sur la table basse depuis lundi, mais je suis sûre qu'il ne s'est pas inquiété. Que jamais il ne s'est interrogé : pourquoi ma femme se met-elle tout à coup à lire un livre qui s'appelle *L'Amant* ? J'aurais tant aimé deviner l'inquiétude sur son visage, briser sa tranquille sérénité. Qu'un trouble, qu'un doute s'immisce. Mais rien. Malheureusement, dans ses yeux je ne lis que de la confiance.

Je l'ai toujours su : être amoureuse prend du temps. En général, cela ne me dérange pas, en particulier le vendredi (le jour de Vénus est fait pour ça). Il me reste donc une dernière tâche chronophage à accomplir, et non des moindres. Les enregistrements.

Mes écouteurs sur les oreilles, je réécoute notre conversation de ce matin. Je l'ai enregistrée avec mon téléphone portable posé sur la table du petit déjeuner (à quoi sert la fonction dictaphone, sinon à cela ? Je suis sûre que tout le monde le fait). Le bruit des cuillères et des bols des enfants m'empêche de tout entendre. Heureusement qu'ils chuchotent à table, ou bon nombre de mes enregistrements seraient totalement inaudibles.

Je guette les réponses évasives de mon mari, me concentre sur le choix de ses mots quand il m'annonce qu'il aimerait retourner à la piscine après le travail et qu'il a un dîner ensuite. Il commence par me dire qu'il a rendez-vous avec « un ancien collègue » de passage en ville. Puis, plus tard dans la conversation, il parle de « collègues » – au pluriel cette fois. Je retourne en arrière pour comparer les deux passages.

Je vais devoir attendre le moment où mon mari me racontera sa soirée, probablement demain matin, pour tendre l'oreille : parlera-t-il d'un ancien collègue ou de plusieurs ? Je réécoute les extraits de nos conversations comme j'analyserais un texte avant de le traduire. J'y mets la même rigueur : quel en est le ton ? Pourquoi avoir employé ce mot plutôt qu'un autre ? Qu'est-ce que l'auteur a voulu dire ? Qu'apporte cette image, cette comparaison, ce sous-entendu ? Puisque être une bonne épouse n'est pas inné chez moi, je peux au moins être une bonne analyste. Je veux être certaine de ne pas mal interpréter, que mon cerveau amoureux ne déforme pas ses propos.

Enregistrer nos discussions privées me paraît raisonnable : ces propos m'étaient destinés, pourquoi n'aurais-je pas le droit de les réécouter ? Cependant c'est une habitude qui me prend beaucoup de temps, pour des résultats souvent peu probants. Alors je prends régulièrement la résolution d'arrêter, mais j'ai encore du mal à m'en passer. J'essaie de me faire davantage confiance : je n'ai qu'à être plus concentrée pendant nos échanges (c'est ce que j'ai tenté de faire ce matin à la table du petit déjeuner, mais je n'ai pas réussi). Je me répète que mon monde ne va pas s'écrouler si nos conversations ne sont pas enregistrées. Mais savoir que je peux réécouter ces moments me rassure. Mardi, je n'ai pas enregistré notre dîner chez Louise et Nicolas, et je le regrette : pouvoir revenir avec précision sur le moment où mon mari a fait de moi une clémentine m'aurait sûrement aidée à y voir plus clair.

Je n'ai dépassé la limite que je m'étais fixée qu'une seule fois. Par chance, j'avais réussi à enregistrer l'une de nos rares disputes avec mon mari, un conflit qui m'avait déstabilisée pendant plusieurs jours. Je l'ai retranscrite sur mon ordinateur, puis traduite en anglais en prenant soin de couper les informations susceptibles de nous identifier. J'ai imprimé le texte, puis je l'ai donné à mes élèves en leur disant qu'il s'agissait d'un chapitre d'un vieux manuel d'anglais, et qu'une dispute conjugale nous donnerait le cadre parfait pour revoir l'impératif. J'avais tant besoin d'une nouvelle perspective que je leur ai demandé de formuler un avis sur la situation. L'un des élèves a levé la main et a dit : « *The husband doesn't love the wife.* » Quelle douleur. J'ai dû m'asseoir une seconde pour reprendre mon souffle.

C'est la seule fois où j'ai utilisé mes enregistrements pour faire cours, et j'admets volontiers que ce n'était pas raisonnable. La plupart du temps, je me contente de changer le prénom d'un personnage pour lui donner le même que mon mari. Ça tombe bien, mon mari a un prénom très courant dans le monde anglophone. Je l'ai encore fait lundi. Quel plaisir d'entendre et de prononcer à voix haute son prénom pendant une heure (je ne fais de mal à personne, alors pourquoi se priver de ces petits plaisirs simples ?).

Je sors prendre l'air, mais je garde mon dernier objectif de la journée bien en tête : trouver la lampe idéale. J'ai fait exprès de fracasser l'ancienne sur le sol mercredi après-midi, je ne pouvais plus accepter qu'elle gâche une soirée supplémentaire avec mon mari (pourquoi trouve-t-on quelque chose supportable pendant des mois ou des années, et un matin, on se réveille avec la certitude qu'on ne pourra pas tenir une seconde de plus ?). Nous avons besoin d'une ambiance tamisée pour préserver l'atmosphère romantique de notre salon. Je suis persuadée que l'intensité de l'éclairage a contribué à éloigner mon mari de moi sur le canapé ces derniers temps. Placez la plus belle femme du monde sous une lumière blafarde, sa beauté sera sensiblement amoindrie. Je l'ai toujours dit : la beauté est une affaire d'éclairage (15 %), de fond de teint (20 %), de cheveux (25 %), de vêtements et de chaussures (40 %).

Dans la boutique, je fais attention à un autre détail. Il faut que l'interrupteur soit placé assez haut sur le fil car mon mari s'installe à droite sur le canapé, et moi à gauche, du côté de la lampe ; idéalement, il faudrait qu'il soit obligé de se coller tout contre moi pour éteindre la lumière. Je trouve la lampe qui répond à l'ensemble de ces critères. En plus, elle est plutôt jolie.

En attendant mon mari, je passe une soirée imprécise. Ses contours se floutent comme un dessin au crayon que l'on aurait trop estompé, ou un trait d'aquarelle noyé dans une trop grande quantité d'eau. Les heures coulent mais manquent de netteté.

Mon mari m'a déjà dit que l'état de désœuvrement et de concentration que requiert la nage l'aide beaucoup à penser. Sous l'eau, il passe méthodiquement en revue ses contrariétés quotidiennes : un dossier compliqué au travail, un client difficile, la santé de ses parents. Il ressort du bassin serein, chacun de ses problèmes réglés, la vision claire. Je le visualise soudain entre deux brasses, se rendant compte que son mariage avec moi est une erreur et un échec, qu'il se sent prisonnier de notre maison, qu'avoir des enfants est une charge, qu'il a perdu sa liberté et renoncé à ses rêves, que je ne suis pas aussi intéressante et cultivée que son amoureuse espagnole à la peau mate, qu'il ne m'aime plus, qu'il désire une autre quand il me touche, qu'il doit et qu'il va me quitter.

J'imagine aussi qu'il n'est jamais allé à la piscine. Nager est l'alibi idéal : une excuse toute trouvée pour couper son téléphone pendant une heure et prendre une douche qui effacera l'odeur d'une autre femme. Quand il rentrera, j'irai vérifier si son maillot de bain est encore humide dans son sac.

Comme le film est bientôt terminé, je laisse les enfants devant la télévision en attendant le retour de leur père, et je vais me coucher. Depuis la chambre, j'entends sa voiture qui se gare dans l'allée. Je me dépêche d'éteindre la lumière et jette un coup d'œil à mon téléphone : il est 21 h 58. Le temps qu'il verrouille les portières, qu'il trouve le trousseau de clefs au fond de son cartable, qu'il relève le courrier, qu'il ouvre la porte : il sera 22 heures. Mon mari est ponctuel. Mon mari est tellement ponctuel qu'on pourrait croire qu'il a attendu au coin de la rue l'heure exacte avant de rentrer à la maison. Est-ce qu'il est resté assis quelques minutes seul au volant de sa voiture ? Est-ce qu'il a coupé le moteur et écouté une dernière chanson à la radio ?

J'entends sa clef tourner dans la serrure, et c'est comme si j'y étais. Mon mari est dans l'entrée, le courrier dans une main, son sac de piscine sur le dos, un sourire décontracté aux lèvres. Je crois entendre ses deux vrais bisous sur le front des enfants. Je l'imagine s'installer sur le canapé pour regarder avec eux les dernières minutes du film ; peut-être qu'il se moque du méchant qu'il tourne en ridicule, ou qu'il les autorise à reprendre une part de gâteau alors que leurs dents sont brossées.

Le parquet en bois massif qui craque et l'escalier qui grince me permettent de toujours savoir où mon mari se trouve. Ma maison semble avoir été conçue par un architecte soucieux de ne jamais être pris par surprise.

À présent, j'entends mes enfants monter les escaliers – comme ils se déplacent toujours par deux, leurs pas claquent en un seul bruit continu sur les marches. Mon mari referme la porte de leurs chambres, descend d'un étage, se rapproche dangereusement de la nôtre. Je retiens ma respiration, la porte s'ouvre. Je reste immobile sous la couverture. De toutes mes forces, je fais semblant de dormir. Mon mari reste un instant dans l'encadrement de la porte puis s'en va.

C'est la dernière chose que je ferai par amour pour lui aujourd'hui, dans cette journée que j'ai tout entière consacrée à notre couple: faire semblant de dormir afin qu'il ne me voie pas démaquillée, en pyjama et les cheveux défaits (il me répète souvent qu'il n'aime pas quand je me néglige). Je lui manquerai aussi davantage en mon absence, et nous aurons plus de choses à nous dire s'il doit attendre jusqu'à demain matin pour me parler. Me faire désirer: j'ai appris ma leçon. Je l'ai écrite en toutes lettres dans mon carnet cet après-midi.

Sous les draps, mon corps me démange. Aucun répit, même le vendredi. J'essaie de me concentrer sur autre chose que sur mes cuisses et mes bras. Je ferme les yeux et rejoue le film de notre semaine. Je m'arrête sur certaines séquences, je zoome sur les moments qui m'intéressent. J'essaie de comprendre.

Je ne parviens à aucune conclusion définitive, car c'est une question de niveau d'analyse : tout dépend de l'échelle de grossissement avec laquelle j'observe notre couple. Tout dépend du microscope amoureux.

À l'échelle des années, nous vivons une belle histoire d'amour. En quinze ans : un mariage, une maison, deux enfants. Je trouve cet état des lieux satisfaisant. À l'échelle des mois, le paysage reste lumineux : il ne se passe pas un mois sans un moment privilégié à deux, sans que nous ne fassions l'amour, sans qu'il me dise des mots tendres ou ne m'offre un cadeau. À l'échelle de la semaine, le ciel reste plus ou moins dégagé : pas une semaine sans un geste affectueux, une parole douce ou une longue discussion. À l'échelle de la soirée ou de l'heure, ma météo amoureuse s'assombrit. C'est à cette échelle que je peux relever chacune de ses prises de distance et chacun de ses oublis. À cette échelle, je remarque tous les mots qu'il ne prononce pas et toutes les fois où il ne me regarde pas dans les yeux. Mais c'est à l'échelle de la minute que la situation devient insupportable. Prenons mercredi soir par exemple. Les enfants sont couchés, nous regardons un film sur le canapé. Mon mari ne me prend pas la main alors qu'elle est posée bien en évidence sur ma cuisse. Puis, je glisse ma main sous la sienne. Il ne réagit pas. Quelques minutes plus tard, il change de position, lâche ma main et ne la reprend plus.

À l'échelle de cette minute, il m'apparaît clairement que mon mari s'éloigne et que notre couple est en péril.

Quand mon mari ne me prend pas la main, quand il fait de moi une clémentine, quand il ne me pose pas de questions sur ma journée, quand il ferme les volets et tire les rideaux avant de dormir, quand il me coupe la parole, quand il oublie le prénom d'une collègue dont je lui parle souvent, quand il ne témoigne pas d'une impatience particulière à me retrouver, quand il lâche ma main dans la rue, quand il ne répond pas à l'un de mes appels, quand je le surprends à garder les yeux ouverts lorsqu'il m'embrasse : ces minutes observées donnent à mon mariage un air de chanson triste. Chacune dépose sur nos quinze ans d'amour un goût amer de solitude, d'attente, et d'abandon. Et une minute obscurcit sans effort toutes nos années.

Samedi

Au départ, c'est un bruit lointain et confus. Puis je parviens peu à peu à identifier les intonations d'une voix. Ce matin, je suis tirée de mon sommeil par mon mari qui me parle depuis la salle de bains.

Il s'adresse souvent à moi de la même manière, que je dorme ou que je sois éveillée. C'est exactement comme s'il ne faisait pas la différence entre quelqu'un d'endormi ou non, comme si son cerveau n'interprétait pas les signaux suivants : les yeux fermés, la position allongée, l'immobilité, la respiration profonde, l'absence de réponses à ses questions.

Il me raconte sa soirée. Je distingue le mot « collègue », sans saisir s'il s'agit d'un singulier ou d'un pluriel. Et malheureusement, ce matin je n'enregistre pas.

Mon mari a tiré les rideaux depuis un moment, le soleil m'éblouit. Il a déjà préparé le petit déjeuner et réveillé les enfants. À présent, il est en train de s'habiller dans la chambre, de bonne humeur et très loquace. Le samedi est son jour préféré. Je le sais, car c'est le jour où il m'adresse le plus la parole.

Le samedi est rouge. Et celui de mon mari, rouge vif. Pour lui, le samedi est toujours un événement joyeux. Rien d'étonnant à ce qu'il l'aime tant, c'est un jour libre, en extérieur, sociable. C'est le premier jour du week-end, il faudrait en profiter pleinement : prévoir une activité qui plaise aux enfants, organiser une soirée en couple ou entre amis. Moi je préfère la routine des jours de semaine, le samedi m'intimide. C'est une journée à réinventer chaque fois, il n'y a même pas les rituels du dimanche auxquels se rattacher. Et je ne parle pas de la pression sociale exercée autour du samedi soir : impossible d'assumer qu'on voudrait juste rester chez soi avec son mari, serrée contre lui sur son canapé ; il faut des dîners, des invitations, des sorties, des réservations. En plus, aujourd'hui, c'est l'anniversaire de notre fille, alors on a dû organiser une petite fête (à partir de quel âge pourrai-je y couper ?).

Le samedi est le jour que j'aime le moins et que mon mari préfère. Je pense que je lui ai gâché beaucoup de ses samedis, comme il a gâché beaucoup de mes lundis. Si seulement nos jours préférés coïncidaient – la vie à deux aurait sans doute été plus simple à planifier.

J'attache mes cheveux avant de prendre une douche brûlante (à ma température). Mon mari me rejoint dans la salle de bains au moment où je me déshabille, mais ma nudité ne lui semble pas exceptionnelle. Il ne fixe ni mes seins ni mes fesses. Au bout de combien de récurrences à voir la même personne nue cesse-t-on de s'en émouvoir ou de trouver ça excitant ? À partir de quand la magie s'efface-t-elle ? Six mois, trois ans, dix ans ? Pourquoi la 36 000 fois qu'on voit une personne nue ne pourrait-elle pas produire le même effet que la toute première fois ? Qu'est-ce qui use la nudité ?

Mon mari s'assoit par terre, adossé à la baignoire. Il aime me parler quand je prends une douche, à travers le rideau, un peu comme dans le parloir d'un couvent ou d'une prison. Il me confie les difficultés qu'il a rencontrées cette semaine au travail ; j'apprends que, mercredi, un collègue de son service s'est fait licencier. Ils n'étaient pas particulièrement proches, mais il a été choqué par la manière dont la nouvelle a été annoncée au reste de l'équipe.

J'ai tendance à l'oublier, mais mon mari me transmet souvent les nouvelles importantes en différé. C'est comme s'il avait besoin de digérer l'information avant de me la communiquer (le cheminement d'un introverti). Ce léger décalage me donne parfois l'impression que nous ne vivons pas tout à fait sur le même fuseau horaire.

Pendant qu'il énumère à retardement les doutes, les déceptions et les joies de sa semaine, il feuillette du bout des doigts les magazines ondulés par l'humidité qui traînent par terre dans la salle de bains – magazines qu'on laisse ici précisément à cet usage, pour le moment où mon mari s'assoira près de la baignoire pour me proposer une rétrospective de sa semaine à travers le rideau de douche. Quand je ferme le robinet d'eau, il se lève pour me tendre une serviette.

Alors que je suis tranquillement assise à la table du petit déjeuner, mon mari me propose tout à coup d'aller au cinéma avec lui en début de soirée. On pourrait appeler Zoé pour qu'elle garde les enfants et aller voir ce film dont il m'a parlé la semaine dernière. Surprise, je fais tomber ma tartine sur le sol. J'essuie la confiture de fraises avec une éponge, on dirait du sang coagulé sur le carrelage blanc.

Je cherche une excuse pour décliner. J'ai lu la critique du film : il est question d'une séparation, d'un homme qui mène une double vie et d'un mariage qui se déchire. Or je ne souhaite pas que mon mari s'expose à des contenus qui font le portrait d'hommes infidèles. Je sais que je ne peux pas l'empêcher d'avoir accès à ce genre d'images ou de récits, mais quand j'ai le choix, je préfère éviter. Par exemple, je fais attention à ne jamais lui offrir de romans qui abordent ces sujets. Même si à chaque Noël et à chaque anniversaire, c'est le même constat : l'adultère et le drame conjugal sont des matériaux littéraires très répandus (les écrivains ne pourraient-ils pas raconter l'histoire d'un mari et une femme qui s'aiment d'une passion débordante ? L'amour conjugal est-il si peu romanesque ?). Quand on prend ma voiture, je coupe l'autoradio pour que mon mari n'entende pas le nouvel album de ce chanteur aux yeux bleus que j'écoute en boucle, certes talentueux mais qui a fait le choix regrettable de composer ses beaux refrains sur les mérites d'une séparation apaisée et salvatrice.

Je réponds à mon mari que nous avons une longue journée devant nous, ce qui est vrai. Organiser une fête d'anniversaire pour notre fille me semble déjà insurmontable, on ne va pas en rajouter. Espérons que le film ne sera plus à l'affiche le week-end prochain.

Quand j'arrive au club de tennis, Lucie est déjà là. Alors qu'elle s'approche de moi (on se retrouve à mi-chemin), je suis sur le point de la complimenter sur ses cheveux (elle est visiblement allée chez le coiffeur). Mais j'ai retenu la leçon avec mes remarques élogieuses sur la robe de Louise mardi soir, on ne m'y reprendra plus. Et puis moi aussi je suis allée chez le coiffeur cette semaine, pourquoi Lucie n'y fait-elle pas allusion ? Pourquoi serait-ce toujours à moi de me rabaisser avec des paroles attentives ?

Jouer fait grimper mon rythme cardiaque et c'est agréable, car pour une fois mon mari n'y est pour rien. J'aime l'effort physique, pourtant je ne cherche pas à me dépasser. Lucie est mauvaise joueuse, moi je suis plutôt joyeuse perdante. Je me laisse toujours aller au dernier moment, même lorsque j'ai l'avantage. J'accepte de perdre comme si l'échec faisait partie de moi : je me soumets. Je n'ai en moi aucune hargne, mais je suis à l'aise avec cette idée. Je n'ai pas besoin de dominer pour me sentir exister.

Après notre partie, nous allons prendre un café dans le bar du club qui donne sur les courts. Je parle de mon mari, de mes enfants, de mes élèves, de nos projets de vacances pour cet été ; Lucie me parle de Pierre, de sa fille, de sa promotion, de l'avancée des travaux dans leur maison de campagne.

– Tu ne sais pas la dernière de Marion ?

L'évocation de Marion, la sœur de Lucie, me sort immédiatement de ma torpeur (la discussion me passionnait peu). Marion a quarante ans comme moi. Elle est professeure de littérature à l'université, publie des livres sur l'amour courtois, est invitée à la radio pour parler de poésie médiévale. Elle s'est mariée deux fois et n'a pas eu d'enfant. C'est une très belle femme (de belles mains, de longs cils, un charme fou), mais surtout, c'est la personne à côté de laquelle on espère être assis à un dîner : celle qui s'anime lorsqu'elle parle, qui a toujours l'air d'avoir des anecdotes à raconter, celle qu'on entend rire depuis la cuisine. Je n'ai rencontré Marion que deux ou trois fois, mais j'ai de ses nouvelles régulièrement par l'intermédiaire de Lucie, qui se plaint souvent des exubérances de sa sœur aînée. L'année dernière, Marion a débarqué chez elle en pleurs – elle portait une robe de mariée couverte de saletés, et ses yeux étaient noirs du maquillage qui avait coulé. Marion avait été abandonnée devant l'autel, comme dans les films : un mariage secret avec quatre témoins, le futur marié qui change d'avis une heure avant la cérémonie et qui s'enfuit en Angleterre avec sa jeune thésarde. Lucie m'a raconté cette histoire, exaspérée par les drames perpétuels de la vie de sa sœur. Moi je suis restée frappée longtemps par cette scène. J'imaginais Marion en robe de mariée dans le métro, pieds nus, ses escarpins à la main, en pleurs, la coiffure défaite, les yeux noirs de mascara : quelle image romanesque et sublime.

Lucie m'apprend que sa sœur vit de nouveau le grand amour avec son deuxième mari.

– Mais ça ne va pas durer. J'attends la prochaine catastrophe, ajoute-t-elle.

– Pourquoi es-tu si défaitiste ? Les amours de Marion sont-elles condamnées à être malheureuses ?

– Je suis persuadée d'une chose. Si ma sœur est tant obsédée par l'amour, c'est parce que ça l'empêche de penser à ses vrais problèmes. L'amour est un divertissement ! C'est tellement plus simple de pleurer le lundi à cause de son premier mari dont elle dit qu'elle sera amoureuse toute sa vie, tout en se remettant le mercredi avec son deuxième mari, après avoir vécu une passion fulgurante avec un homme rencontré dans un train la semaine précédente… C'est plus facile de pleurer à cause d'un homme que de penser à son cancer qui ne la lâche pas depuis dix ans, ou au fait qu'elle n'a pas pu avoir d'enfant.

Fascinée, j'écoute le discours très élaboré de Lucie sur l'amour comme divertissement, tout en me demandant ce qu'il y a de Marion en moi.

Je voudrais poursuivre cette conversation : pourquoi Marion vit-elle des histoires aussi intenses et pourquoi semblent-elles toujours vouées à l'échec ? Pourquoi son cœur bat-il plus fort que les autres cœurs de son entourage ? Mais Lucie n'a pas besoin de prononcer un mot pour que je comprenne qu'elle préfère changer de sujet. Elle n'a pas besoin de parler parce qu'elle rougit – ses émotions visibles sur ses deux joues comme deux panneaux signalétiques me laissent perplexe : comment fait-elle pour avoir l'air mystérieuse auprès de Pierre si ses joues la trahissent ?

C'est à ce moment-là que je saisis quelque chose d'essentiel au sujet de Lucie, un aspect de sa personnalité qui m'échappait encore. J'en avais l'intuition, mais il me manquait le mot : Lucie est pudique. J'ai enfin trouvé son troisième mot existentiel. Lucie est précise, opiniâtre et pudique.

Quand je ne suis pas trop absorbée par mes propres pensées (qui concernent dans un pourcentage inquiétant mon mari – c'est difficilement quantifiable, mais je dirais approximativement à 65 %), je joue à un jeu qui peut durer des mois, voire des années. Je me demande comment je pourrais décrire une personne de mon entourage en trois mots. C'est moins une tentative de description qu'une véritable quête existentielle : trouver les trois mots qui capturent ce qui fait qu'une personne *est* très exactement qui elle est et personne d'autre. Par exemple, j'ai fini par déterminer que Louise était fantasque, bruyante et franche, et que Nicolas était élégant, contenu et prévenant – mais il m'a fallu un long moment avant de valider chacun de ces termes (ainsi, le premier des trois mots existentiels de Louise n'est pas « drôle », « espiègle », « comique », « cocasse » ou « amusante » – c'est « fantasque »). J'ai aussi pris l'habitude de classer ces trois mots par ordre d'importance : le premier est le moins significatif, quand le troisième est celui qui capture au plus près le mystère d'une personnalité (pour Louise, c'est bien sûr le fait qu'elle soit franche).

L'exercice est vertigineux, car même deux personnes qui se ressemblent beaucoup à première vue (socialement, de caractère) ne partagent jamais les trois mêmes mots existentiels. Par exemple, tous les hommes dont j'ai été amoureuse correspondent à un même type, et pourtant ils n'ont aucun mot en commun. Adrien était affectueux, égoïste et peu sûr de lui (il existe un adjectif en anglais pour le dire, *insecure* – la langue française manque donc d'un mot précieux pour saisir Adrien). Antoine était fier, désabusé et esthète. Arnaud était passionné, humaniste et créatif.

Il m'a fallu quatre ans pour trouver les trois mots existentiels de mon mari. Pour sentir qu'en trois adjectifs j'arrivais à faire le tour de lui sans angle mort. Mon mari est donc charismatique, introverti et contradictoire. Il a également beaucoup d'humour et il est doté d'une générosité hors du commun, mais ça ne compte pas : ce n'est pas ce qui fait que mon mari est mon mari. Il serait la même personne sans son humour ou sans sa générosité, mais pas sans son charisme, son introversion et, bien sûr, sans ses contradictions.

Son charisme s'est imposé à moi dès notre première rencontre. Sous le terme « charisme » se cachent en réalité des milliers de micro-impressions que mon mari sème partout où il se trouve : une aura, une assurance, une allure, une manière de parler et de se tenir, une décontraction apparente, une confiance en lui et en sa beauté. Il capte. Il attire. Il retient.

En revanche, j'ai mis plus longtemps à repérer son introversion, parce que mon mari a de nombreux amis et qu'il aime s'entourer. Il n'est pas timide non plus. Mais j'ai fini par comprendre que c'est seul qu'il recharge ses batteries. Pour prendre une décision importante ou pour digérer une annonce imprévue, il a besoin de solitude. Dans les moments charnières, il exerce un subtil mouvement de repli vers l'intérieur – quand une personne extravertie se tourne instinctivement vers les autres (c'est le cas de Louise par exemple), lui rentre en lui-même (et m'échappe par la même occasion).

Mon mari est charismatique et introverti, mais c'est la contradiction qui le caractérise le plus. Des trois, c'est le terme qui m'a donné le plus de mal, la part de lui qui m'a échappé le plus longtemps. Mais une fois trouvé, c'est aussi le mot qui m'a donné le plus de satisfaction. La certitude, enfin, que je connaissais l'homme qui partageait ma vie.

La contradiction, c'est la coexistence de deux réalités contraires et incompatibles. Mon mari en est pétri, constitué de routes sur lesquelles on s'engage à contresens et de fleuves dans lesquels on nage à contre-courant. Il est serein et profondément anxieux – sa sérénité et son anxiété sont aussi vraies l'une que l'autre, elles cohabitent. Il a envie de liberté mais rêve de vie de famille. Il admire autant qu'il méprise la réussite sociale et les brillantes carrières dans la finance à Londres. Il adore s'entourer mais il a besoin d'être seul. Il s'efforce de rencontrer du monde et de parler en public alors qu'il déteste être au centre de l'attention. Bref, c'est comme s'il était toujours en lutte contre sa nature profonde.

Puisqu'il n'est jamais tout à fait à l'aise avec ses propres choix, mon mari envie les personnes qui se sont engagées dans les vies que lui n'a pas choisies. Les contradictions qui le traversent créent en lui un terreau fertile à la jalousie – je me suis même demandé un moment si son troisième mot existentiel tournait autour de sa nature envieuse, mais je confondais le symptôme et la cause. L'ambivalence de mon mari au sujet de Nicolas en est un bon exemple. Sa liberté, son premier enfant à quarante ans, son duplex moderne en plein centre-ville, son poste haut placé dans la finance : mon mari les envie autant qu'il les méprise.

J'ai commis une fois l'erreur de demander à mon mari les trois mots qui me caractérisaient. Il a répondu sans trop d'hésitations : très belle, froide, amoureuse, observatrice.

– Ça fait quatre ! ai-je protesté, ce n'est pas du jeu ! J'ai réagi sur le chiffre pour ne pas laisser percevoir mon trouble sur le fond. Amoureuse de toi ? Bien sûr que je le suis ! Nous sommes mariés je te rappelle, ai-je repris, l'air faussement détaché.

– Non, pas amoureuse de moi, mais amoureuse. Une amoureuse de l'amour, a corrigé mon mari.

– Je ne suis pas une amoureuse de l'amour ! Ça impliquerait que j'aime l'idée d'être amoureuse plus que je ne t'aime toi, ce qui n'est pas vrai.

Je me suis défendue bec et ongles, j'ai argumenté avec efficacité, ce qui n'a pas manqué de le faire sourire :

– Tu es trop piquée au vif pour qu'il n'y ait pas un fond de vérité, tu ne crois pas ?

J'ai détesté ce jeu.

De mes matinées au tennis, le café avec Lucie est peut-être le moment que je préfère. C'est en tout cas celui que j'aime le plus prolonger. Car à cette heure-là, et pour la première fois de la semaine, c'est mon mari qui m'attend et non l'inverse. Aux alentours de midi, il est à la maison avec les enfants. Puis c'est le bruit de la portière de *ma* voiture qui claque, ce sont *mes* pas qui annoncent mon retour dans l'allée fleurie, c'est le bruit de *ma* clef dans la serrure : c'est *moi* qui fais mon apparition dans l'entrée pendant que le repas finit d'être préparé, mes affaires de tennis sur le dos. Son attente de moi est importante, alors je la crée artificiellement en allant sur le court tous les samedis et en commandant un second café au comptoir sans en avoir vraiment envie.

Je n'aime pas particulièrement le tennis, et me lever le samedi matin pour y aller me demande un effort certain. Mais je me motive en me rappelant que je vais faire autre chose que penser à mon mari (est-ce vraiment le cas ?) et, surtout, que je vais sortir de son champ de vision. Pour une fois, je serai inaccessible et occupée. Je pourrai ainsi réapparaître quelques heures plus tard, très légèrement nouvelle (j'aurai vécu une expérience sans lui), le corps dur et douché (de tous mes corps, c'est celui qu'il préfère).

Aller au tennis, rester au lycée corriger des copies, dîner avec des amies en ville, faire semblant de dormir quand il rentre tard le soir : dans toutes ces absences, j'espère lui manquer. Pourtant, je sais que j'ai perdu depuis longtemps le bénéfice de la nouveauté. Il ne me regardera plus jamais comme une inconnue qui entre dans un bar ou comme la femme d'un autre. Mais je ne comprendrai sans doute jamais pourquoi la même chose n'est pas vraie pour moi. Pourquoi je n'ai jamais cessé d'observer mon mari de loin, avec la distance nécessaire et suffisante pour pouvoir l'admirer.

Heureusement que ce n'est qu'une fois par an et par enfant. Je suis peut-être une mauvaise mère, mais je n'imagine pas qu'un parent, même très aimant, puisse, s'il est sain d'esprit, trouver la fête d'anniversaire de son enfant supportable. C'est ma définition de l'enfer : des enfants bruyants au centre de l'attention, des discussions entre parents qui se jugent avec autant de discrétion que la robe rouge que je porte aujourd'hui (aucune, donc).

Curieusement, ce n'est pas mon décolleté mais la charlotte aux fraises trônant sur la table qui est l'objet de tous les regards. Tous me demandent si c'est moi qui l'ai faite. J'ai remarqué que de nombreux parents partagent cette étrange obsession : déterminer quelles mères font elles-mêmes les gâteaux pour l'anniversaire de leur enfant. Existe-t-il un lien de causalité avéré entre le fait d'être une bonne mère et un quelconque talent pâtissier ? Je n'ai lu ça dans aucun article, même si je dois avouer que je me documente plus sur l'amour que sur la parentalité. En l'occurence, il se trouve que c'est mon mari qui s'en est chargé, ce qui me vaut une moue approbatrice (un mari qui cuisine, *tu en as de la chance*). À ce moment-là, il me semble inutile de mentionner que c'est également lui qui s'est occupé d'accrocher des ballons sur le portail de la maison, de tendre des guirlandes colorées entre les arbres, de recouvrir le buffet d'une nappe à imprimés animaliers et de remplir les grandes carafes en verre de citronnade avec des glaçons. Il a aussi installé les enceintes dans le jardin pour la musique. Tout, autour de moi, raconte les mille attentions que mon mari a eues pour notre fille aujourd'hui : *tu en as de la chance*, paraît-il. Mais être un excellent père ne fait pas de lui un excellent mari.

Les enfants sont de plus en plus nombreux. Il y a aussi des camarades de la classe de mon fils. Je découvre que, même à l'école, mon fils et ma fille fréquentent les mêmes cercles ; dans mon souvenir, il existait une frontière infranchissable entre les petits de CE1 et les grands de CM1.

Tout est trop rouge dans cette journée. Trop nerveux. Trop de bruit, trop de soleil, trop de sollicitations. On me prévient qu'on manque de gobelets en plastique, mon mari me suggère d'aller chercher une bouteille de vin blanc au frais. Lucie m'interpelle : sa fille Anaïs a taché sa jupe avec du coulis de fraise – est-ce que j'ai quelque chose pour rincer ça au plus vite ? Est-ce qu'il reste de la citronnade dans l'un des frigos ? Où sont les toilettes ? Est-ce que ce serait possible d'avoir simplement un verre d'eau ? Mon fils est allergique aux fruits à coque, est-ce qu'il y a le moindre risque avec la charlotte ?

On nous prend en photo tous les quatre quand ma fille souffle ses bougies (le portrait de famille sera parfait, cette journée n'aura pas été totalement vaine). Puis elle déballe ses cadeaux : ceux de ses camarades, un cadeau de son frère (c'est la première année que mon fils offre quelque chose à sa petite sœur ; est-ce que mon mari était au courant ?), puis les nôtres. Huit cadeaux pour célébrer ses huit ans, parmi lesquels des paillettes colorées pour se déguiser, le livre d'une illustratrice qu'elle aime et des crayons à aquarelle. Je remarque que mon mari les a emballés dans huit papiers cadeaux différents, formant un tas de couleurs, de matières et de formes inégales mais charmantes. Je suis émue et jalouse à la fois. Je ne me souviens pas de la dernière fois où mon mari a pris le temps de changer de papier cadeau et de couleur d'étiquette pour chacun des paquets qu'il avait à faire pour moi. À moi, il m'offre des week-ends à Venise, des nuits d'hôtel, des restaurants aux chandelles, des soirées à l'opéra et au théâtre : ce sont certes de jolies attentions, mais rien qui se garde, et surtout rien qui nécessite des papiers cadeaux colorés. En plus, moi je n'ai jamais droit à un gâteau maison ou à des guirlandes entre les arbres.

Je découvre ma fille sociable et solaire, bavarde même (elle aurait donc hérité du charisme de son père, je ne sais pas si c'est une bonne nouvelle). Je ne comprends pas, on ne l'entend jamais dire un mot à la maison. Au détour d'une conversation, j'apprends qu'elle veut devenir vétérinaire. Je comprends pourquoi plusieurs de ses camarades lui ont offert des cadeaux dans cet esprit et pourquoi mon mari a choisi une nappe aux motifs animaliers. Il avait l'air, lui, bien au courant. J'ai l'impression d'être partie deux ans en vacances sans eux, ou de me réveiller d'un long coma. Ma propre famille m'échappe.

Je ne compte plus mes verres de vin. Je ne devrais pas boire autant dans un environnement aussi hostile. Ivre, j'ai tendance à relâcher la garde. J'ai peur de me crisper ostensiblement quand mon mari parle de moi à la troisième personne alors que je suis juste à côté de lui ; de me raidir quand il insiste pour que je donne des détails sur ma traduction en cours (« le roman à succès d'une jeune écrivaine irlandaise adapté en série, c'est une opportunité énorme, ce livre est très attendu, n'est-ce pas ma chérie ? »). Je me ressers un verre de vin pour ne pas intervenir quand mon mari refait l'éloge de mon travail de traductrice au petit cercle formé autour de lui, mais oublie de préciser que je suis aussi professeure en lycée (une femme qui enseigne est un trophée beaucoup moins impressionnant).

Quand je sors de la cuisine, je retrouve mon mari en pleine discussion avec Lucie. Sans aucune gêne, il la dévore des yeux avec la même avidité que si elle était en train de lui dévoiler le secret de la création de l'Univers (alors qu'elle évoque probablement les travaux qu'ils font avec Pierre dans leur maison de campagne, et pour avoir subi cette discussion ce matin je sais qu'elle n'a rien de passionnant). S'ils faisaient l'amour au milieu du jardin, ce serait pareil. Je ne divague pas. Les deux joues rouges de Lucie ne trompent pas : c'est écrit sur son visage que mon mari la drague.

Alors je perds totalement pied. Ce n'est plus mon cerveau qui commande, ce sont mes tripes. Je me vois entraîner Pierre à l'intérieur en prétextant avoir besoin d'aide en cuisine. Il me suit sans vraiment comprendre, mais sans résister non plus

– il se rend bien compte qu'on monte au premier étage et que la cuisine est au rez-de-chaussée. Je referme le verrou de la salle de bains derrière moi et je me jette sur lui. Mon mari a dévoré sa femme des yeux, je dévore son mari de ma langue. Œil pour œil, dent pour dent.

D'abord surprise, sa bouche répond peu à peu à ma bouche. Il me tire les cheveux en arrière, comme pour résister un instant, puis cède quand je passe les doigts dans son pantalon. Il a juste le temps d'articuler : « Mais qu'est-ce que tu fais ? » Je glisse ma culotte entre mes jambes et le guide avec ma main. Pendant qu'il me pénètre, il agrippe mes seins avec désespoir, il s'y accroche comme à deux prises d'escalade. Tout disparaît : la porte contre mes fesses, la salle de bains où je prends une douche tous les matins, le mari de mon amie la plus proche. Je suis transportée quelque part dans les Alpes au milieu d'une grande voie, trois cents mètres au-dessus du vide. Ses à-coups désespérés ont quelque chose de vertigineux. Est-ce l'interdit du sexe extraconjugal, ou est-ce que Pierre fait preuve de la même brutalité avec Lucie ? Est-ce que Pierre fait toujours l'amour comme s'il allait mourir demain ?

Ça n'a pas duré plus d'une minute ou deux, mais c'est à peu près le temps qu'il me faut pour me rendre compte de ce que je viens de faire. Quel risque inconsidéré. Tromper mon mari devant autant de témoins. Et tromper mon mari un samedi, alors que je ne le fais que le jeudi. Il y a des règles, ce n'est pas pour rien, elles sont là pour me protéger. Pourquoi n'ai-je pas fait comme d'habitude ? Encaisser, attendre le soir pour sortir mon carnet et noter ce qui m'a blessée. Prendre le temps, mettre à distance. C'est la règle : toujours attendre le lendemain avant d'agir.

Je sors de la pièce tremblante et mouillée, quand je croise le regard de mon mari à travers la fenêtre du premier étage. Il est dans le jardin, un verre à la main, et il me fixe. Il détourne la tête, mais j'en suis certaine : ses yeux se sont plantés dans les miens.

Ma panique est si intense que j'ai l'impression que je vais me noyer. Est-ce que mon mari peut m'avoir vue ? Est-ce comme derrière une vitre sans tain : est-ce que j'ai pu le voir sans qu'il me voie ? Est-ce qu'il a seulement aperçu une silhouette, ou est-ce qu'il m'a vue sortir de la salle de bains suivie de Pierre se rhabillant à la hâte ?

Il faut que je garde mon calme. Reprendre mes esprits, rester rationnelle, rassembler les paramètres. Mon mari était dans le jardin. Il doit être à 15 mètres de la maison. Moi je suis au premier étage – un étage, c'est 3 mètres de hauteur, mais comme notre rez-de-chaussée est surélevé, on est déjà au moins à 5 mètres, et moi je me tiens à plus de 1 mètre du sol, donc arrondissons à 6. Nous formons un triangle rectangle, de 15 mètres et 6 mètres de côté. Pythagore, Pythagore, Pythagore… Que dit la formule déjà ? Le carré de la longueur de l'hypoténuse est égal à la somme des carrés des longueurs des deux autres côtés… 15 au carré, ça fait 225… 6 au carré ça fait 36… 225 plus 36 égalent 261. Maintenant il faut que je trouve la racine de 261… 16 fois 16 font 256, 17 fois 17 font 289… Donc c'est ça : entre 16 mètres et 17 mètres. C'est de cette distance que mon mari et moi sommes éloignés. C'est peu, c'est vraiment peu.

Et puis, combien mon mari a-t-il bu de verres exactement ? Quatre, cinq ? Dans tous les cas, il n'est pas ivre. Est-ce suffisant pour brouiller sa vue ? 17 heures, solstice d'été, le soleil est déjà bien à l'ouest – je dois être à contre-jour.

Je fixe mon reflet dans le miroir de l'entrée et m'ordonne une dernière fois de garder mon calme. Je commence par remettre du rouge à lèvres, une teinte légèrement plus foncée que celle que je porte d'habitude, à mi-chemin entre le violet et le marron. Puis je dénoue mes cheveux blonds pour ne pas avoir à refaire mon chignon défait ; ils ruissellent sur mon dos, mon brushing soigné me sauve.

Quoi qu'il arrive, faire comme si de rien n'était. Garder le contrôle. Même si mon mari m'a vue, il pensera qu'il a halluciné. Il ne peut raisonnablement pas croire que sa femme s'est fait prendre par un autre homme à l'anniversaire de sa fille. L'invraisemblance sera ma meilleure défense.

Quand je retourne dans le jardin, Lucie me demande si tout va bien, elle trouve que je fais une drôle de tête. C'est vrai que je suis plongée dans mon calcul mental (la racine de 261 ne tombe pas rond), en plus je sens le sperme de son mari qui me coule entre les jambes en me demandant si ça va se voir.

Les enfants sont enfin couchés. J'ouvre une bouteille de vin sur le coin de la table. Je m'approche de mon mari dans un sourire, un verre dans chaque main. Enfin seuls. Et cette fois, la lumière est parfaite. J'ai bien fait de me débarrasser de l'ancienne lampe en la brisant sur le sol et d'en acheter une nouvelle hier.

À présent je suis détendue, presque sereine. Mon mari ne sait pas pour Pierre. S'il m'avait vue, il m'en aurait parlé : « Qu'est-ce que tu faisais dans la salle de bains tout à l'heure ? Je t'ai vue en sortir avec Pierre, est-ce qu'il y a quelque chose entre vous ? » Mais mon mari ne m'a posé aucune question.

Pourtant, j'aurais juré que nous avons échangé un regard à travers la fenêtre du premier étage. Et ce n'est pas la même chose de voir quelqu'un et d'échanger un regard. L'échange de regards implique une réciprocité : c'est actif, c'est réactif, c'est instinctif. C'est le prédateur qui fixe sa proie, et elle qui relève les yeux en connaissant tout à coup son destin. J'ai dû halluciner.

Mon mari est même d'humeur joyeuse, je peux peut-être espérer une déclaration ou quelques mots tendres. Car si tous les jours de ma semaine sont placés sous le signe de l'amour, je sais que mon mari m'aime davantage le samedi. Alors il faut que j'en profite.

Mon mari met de la musique classique sur les enceintes du salon. C'est rare, je me demande comment je dois l'interpréter, mon carnet de musique n'en dit rien. Je crois reconnaître Mozart, l'air est connu. Évidemment, je ne lui demande pas confirmation, que penserait-il s'il apprenait que sa femme n'est même pas capable de reconnaître la *Symphonie n° 40 en sol mineur* du compositeur le plus célèbre au monde ? Il a beau savoir que je ne viens pas du même milieu social et culturel que lui, j'ai fait tellement d'efforts pour le cacher que je crois qu'il l'oublie souvent – inutile, donc, de le lui rappeler.

Nous venons à peine de boire notre première gorgée de vin, les accords de violon dramatiques succèdent aux hautbois mélancoliques (peut-être Haydn ? C'est en tout cas après Bach, seconde moitié du XVIIIe c'est certain, la carrure est régulière et le langage harmonique très simple), quand j'entends des pas dans l'escalier. Ma fille apparaît dans l'encadrement de la porte. Une soirée en tête à tête avec mon mari, ce n'est quand même pas trop demander. On a déjà passé la journée à fêter son anniversaire.

Ma fille murmure qu'elle a mal au ventre. Elle s'assoit sur mes genoux avant d'enfouir son visage dans mon cou. La seule pensée que j'arrive à me formuler, c'est qu'elle est en train de ruiner mon maquillage. Pour la poudre de soleil que j'ai appliquée dans mon décolleté et sur mes joues pour me donner bonne mine, c'est raté.

Je suis un monstre de penser à mon teint alors que ma fille est tremblante dans mes bras. Je me ressaisis, caresse ses cheveux et serre son petit corps chaud comme un croissant contre moi. Je fais signe à mon mari que je m'en occupe et monte avec elle dans sa chambre. Je prends sa température et le temps qu'il faut pour la rassurer. Je lui donne un médicament que je fais fondre dans un verre d'eau (je sais qu'elle n'aime pas avaler des comprimés) : si elle a encore mal dans une heure nous appellerons un médecin. Enfin, je m'allonge avec elle dans son lit pour lui murmurer sa chanson préférée.

Sunny, thank you for that smile upon your face
Sunny, thank you for that gleam that flows with grace
You're my spark of nature's fire,
You're my sweet complete desire
Sunny one so true, I love you

Ça fait longtemps que je ne l'ai pas chantée pour elle. Je le faisais souvent quand elle était petite : utiliser les mots des autres pour lui témoigner de l'affection. Elle me demandait le sens des paroles en anglais, encore et encore, alors qu'elle les connaissait par cœur (ça veut dire quoi « *you're my spark* », maman ?).

Quand ma fille commence à s'endormir, je referme doucement la porte de sa chambre derrière moi. Monstrueuse. Coupable. Même si j'ai pris mon temps, même si je crois avoir fait ce qu'une bonne mère aurait fait. Monstrueuse de penser que c'est du temps volé sur le temps que j'aurais dû passer seule avec mon mari. Coupable d'avoir regardé ma montre.

À peine sortie de sa chambre, je l'entends de nouveau m'appeler. Je me fige ; j'ai déjà été assez patiente. Je fais demi-tour, allume la lampe sur sa table de nuit, me mets à sa hauteur, la regarde droit dans les yeux – disparu le masque de la gentille maman. J'attrape son poignet, le tiens assez fort pour sentir son petit bras tétanisé dans ma main. Et avec une froideur qui lui glace le sang, je lui ordonne tout bas : « Tu dors maintenant. » Sans hausser le ton.

Mais quand je redescends au salon, c'est déjà trop tard. Mon mari a fini son verre de vin. Le moment est terminé.

Lorsque mon mari commence à fermer les volets de la chambre, c'est le geste de trop. Je suis derrière lui, son corps est penché au-dessus du vide pour attraper le crochet. Ça fait des années qu'on se dit qu'il faudrait qu'on installe un autre système, le crochet est bien trop éloigné, on doit se mettre sur la pointe des pieds pour l'atteindre, c'est très dangereux, on se le répète si souvent. Je m'approche de mon mari, je suis juste derrière lui, mon souffle dans son cou, l'idée m'effleure de le pousser. Est-ce que j'aurais la force de le faire passer par-dessus la barre d'appui ? Et s'il s'accroche à la balustrade, serais-je capable d'appuyer sur ses doigts pour qu'il tombe dans le vide ? Je sais que oui. Aucune lumière en face, aucun vis-à-vis compromettant, aucun voisin sorti promener son chien tardivement. Je sais que je ne risque rien. C'est à moi qu'appartient la décision : est-ce que mon mari mérite de vivre ? Je n'ai aucun mal à l'imaginer inconscient sur le sol, le crâne fracassé, le sang inondant son cerveau. J'ai encore moins de mal à m'imaginer en veuve inconsolable (le noir va bien aux blondes) – cette femme qui avait *tout pour être heureuse*, et dont un stupide accident a changé le cours de l'existence. J'hésite, renonce et recule. C'est sûrement une vengeance disproportionnée pour le punir de m'imposer de dormir les volets fermés. À la place, des larmes rouges, furieuses, jaillissent de mes yeux secs comme deux volcans en éruption. Pourquoi est-il incapable de la moindre concession ?

En se retournant, mon mari me découvre en larmes (pourquoi n'a-t-il pas l'air surpris ?). Il se penche vers moi et me demande ce qui ne va pas. Je ne peux raisonnablement pas lui expliquer que dormir dans le noir commence à me rendre folle, que j'envisage sérieusement depuis lundi de me révolter contre cette injustice structurelle et de le punir pour ça. Je ne me vois pas lui raconter que je viens d'imaginer son meurtre, tout en me demandant comment je m'habillerais pour son enterrement (j'ai une robe noire de la saison dernière qui irait très bien, mais est-ce que ça ne serait pas plus opportun d'acheter une nouvelle tenue pour l'occasion ?). Je ne peux pas non plus lui dire que je m'en veux d'avoir pris un risque aussi inconsidéré en couchant avec Pierre pendant l'anniversaire de notre fille. Et puis, je ne peux pas lui avouer que j'attends toujours des explications pour la clémentine, que je voudrais savoir une fois pour toutes pourquoi il a choisi ce fruit ridicule pour me représenter. Je ne peux même pas revenir à la charge, le pousser dans ses retranchements : est-ce que tu es sûr que tu ne m'as pas dit que tu m'aimais dans ton sommeil dans la nuit de mercredi à jeudi ? Comment peux-tu en être aussi certain, peut-être parles-tu en dormant sans le savoir ? Qu'est-ce qui te permet de remettre en cause la véracité de mes perceptions, d'autant plus que moi, je ne dormais pas ? Et pourrais-tu m'expliquer pourquoi tu n'as pas repris ma main sur le canapé mardi soir quand nous regardions la télévision ?

Comme je ne peux raisonnablement pas lui dire la vérité, je trouve autre chose. Je murmure : la famille, les enfants, le travail, le couple. Je mélange mes vraies peines avec les premiers reproches qui me passent par la tête. Un flot confus dont mon mari ne peut rien démêler, à part que je regrette que nos moments à deux se fassent de plus en plus rares. Il me répond que nous sommes bientôt en vacances et que nous passerons plusieurs semaines ensemble.

Je m'en veux d'avoir craqué devant mon mari. C'était bien la peine de jouer la femme forte pour me mettre à pleurer le soir de son jour préféré. C'était bien la peine de faire attention à mon maquillage, maintenant mon mascara a coulé partout sur mes joues. En plus, comme j'ai pleuré, je peux être sûre que mon mari ne me fera pas l'amour ce soir. Il ne couche jamais avec moi s'il m'a vue pleurer au cours des dernières vingt-quatre heures (est-ce que les larmes le dégoûtent ?).

Une fois calmée, j'ose néanmoins lui demander de me raconter notre journée. J'essaie de ne pas le faire trop souvent. Parfois, quand il est fatigué ou qu'il n'a pas envie, il refuse. Mais ce soir, il accepte avec douceur de se prêter au jeu.

L'idée est simple : il doit me décrire, de son point de vue, la journée que l'on vient de passer ensemble, du petit déjeuner au coucher. L'exercice consiste à mettre des mots sur ce que nous avons vécu ensemble. Je préfère ses mots aux miens car je fais davantage confiance à son interprétation des faits, souvent plus objective que la mienne. Et puis j'ai remarqué qu'il avait tendance à supprimer de son récit les ennuis, les contrariétés, les bâillements et les soupirs, qui dans mon monde à moi prennent souvent tant de place qu'ils éclipsent tout le reste.

Il me raconte son réveil matinal, sa bonne humeur du samedi, son jus d'orange pressé, son footing autour du lac, le petit déjeuner avec les enfants à son retour, une chronique à la radio sur un sanglier domestique qui les a beaucoup fait rire tous les trois, notre discussion dans la salle de bains, le passage à la bibliothèque avec les enfants où il a croisé les parents d'un camarade de classe de notre fils, son père est avocat, sa mère est pilote de ligne, il faudrait qu'on les invite à dîner un soir, la préparation de la fête de notre fille, son bonheur de la voir heureuse entourée de ses amis, les courses chez le marchand de fruits et légumes, il est aussi passé à la chocolaterie m'acheter une tablette à la framboise, le retour à la maison en voiture, l'émission sur la crise écologique à la radio qui l'a laissé pensif, est-ce qu'on en fait assez ? dans quel monde vont grandir nos enfants ?, le jeu de société tous les quatre après le dîner, son attendrissement face à la bienveillance dont fait preuve notre fils envers sa petite sœur, leur complicité aussi, le plaisir du verre de vin une fois les enfants couchés, ce vin qu'il adore et dont Pierre lui rapporte une caisse de Bordeaux tous les ans, Pierre qu'il a trouvé bizarre cet après-midi il ne saurait dire pourquoi, notre fille qui apparaît dans l'encadrement de la porte, la télévision sans intérêt, sa fatigue soudaine, le lit, sa montre d'anniversaire à laquelle il fait très attention déposée sur la table de nuit, il se demande s'il ne l'a pas abîmée hier d'ailleurs, mes pleurs de fatigue, et enfin moi, qui me tourne vers lui sur l'oreiller une fois calmée, il connaît ce regard : je vais lui demander de raconter notre journée de son point de vue.

Je suis attentive à chaque mot. Éblouie, j'observe notre monde depuis la fenêtre d'en face. Puis mon mari me demande de me déshabiller. Encore une fois, il me fait l'amour le jour où j'ai couché avec un autre homme (je commence à croire à la puissance de son instinct masculin). Je suis si heureuse. Je n'aurais jamais osé espérer une chose pareille : déjà parce que je venais de pleurer, mais aussi parce qu'on a déjà fait l'amour jeudi soir. Une fois par semaine, c'est raisonnable, et c'est notre moyenne (j'ai nos statistiques bien en tête, notées quelque part dans un carnet, et elles sont proches de la moyenne des Français). Une fois par semaine, c'est respectable, ni trop ni trop peu. Pas de quoi se vanter auprès de Nicolas lors de leurs soirées entre hommes, mais pas de quoi rougir non plus. À quarante ans, une fois par semaine, c'est dans la norme. Et c'est ce que je veux être, normale.

Une fois qu'il a terminé, il m'embrasse avant de se retourner de son côté du lit pour s'endormir. Je déteste quand il se met dos à moi, mais si c'est ainsi qu'il dort le mieux, est-ce que je peux légitimement lui en faire le reproche ? Est-ce qu'un mari est tenu de dormir face à sa femme ? Comment font les autres couples ?

Immédiatement, mon corps se met à me démanger. Je n'arrive pas à dormir malgré les pressions que j'exerce au creux de mon poignet avec mon majeur et mon index. Les questions qui m'apaisent habituellement restent sans effet. Même la berceuse que j'ai inventée ne m'est elle aussi d'aucun secours :

Cesse ton chagrin, cesse ton chagrin
Il dit qu'il est certain, il dit qu'il est certain
Qu'il m'aimera demain, qu'il m'aimera demain

Je pense à mon corps qui me démange et au corps de mon mari si près du mien mais que je n'ai plus le droit d'approcher (quel vertige de penser qu'il y a moins de dix minutes il était en moi).

J'entends au rythme de sa respiration qu'il ne dort pas. Son souffle est légèrement trop rapide, au mieux fait-il semblant. Mais je suis formelle : mon mari ne dort pas (s'il y a bien une chose que je sais repérer, c'est son sommeil). Je dois l'empêcher de dormir en ne dormant pas moi-même. Il m'entend me retourner, me gratter, penser (je ne crois pas qu'il puisse véritablement m'entendre penser ; en revanche, je sais qu'un cerveau consomme beaucoup d'énergie quand il est en pleine réflexion, est-ce cette chaleur que mon mari ressent ?).

Nous sommes couchés depuis plus d'une heure. À présent, je n'ose plus bouger. Je sens que mon mari m'en veut de ne pas dormir. Ma présence réprobatrice dans le lit l'épuise. Et il est vrai que mes reproches sur son sommeil sont nombreux : est-ce qu'il a vraiment besoin du noir complet ? Pourquoi se met-il dos à moi ? Ne pourrions-nous pas dormir collés l'un contre l'autre ? Pourquoi est-il toujours si simple pour lui de s'endormir même quand nous avons passé une journée difficile, alors que moi je peux y mettre des heures ?

Tout à coup, il se retourne et se penche au-dessus de moi. Je sursaute puis me fige. Son visage est tout près du mien, il lève la main vers moi. Le temps ralentit, il ne coule presque plus. Mon mari va saisir mon cou et le serrer très fort. Il va le comprimer jusqu'à couper ma respiration. Il n'en peut plus de m'entendre penser et de sentir que je le regarde. Il sait que j'enregistre nos conversations et que je les réécoute sur mon téléphone. Il sait pour Pierre. Il se sent épié. Il va m'étrangler, même si en réalité c'est lui qui étouffe. Il veut me faire disparaître. Je vais mourir entre ses doigts parce qu'il n'en peut plus. Mon mari est au-dessus de moi, il s'avance, sa main se pose sur mon cou. Je ne vais pas me débattre. Je ne vais ni crier ni résister.

Mon mari s'approche tout près de mon visage et m'embrasse sur la joue :

– Tu ne dors pas, ma douce ?

Dimanche

L'air est étincelant à cette heure-là, la cuisine baignée de soleil. J'entends les volets qui s'ouvrent à l'étage, les pas des enfants dans l'escalier. La maison se réveille.

Mes enfants sortent les bols du placard, me demandent si j'ai bien dormi (est-ce que ça ne devrait pas être plutôt à moi de le faire ?). Le rituel du petit déjeuner se déploie en douceur, mais il m'agace moins que celui du dîner (je ne sais pas pourquoi, mais j'éprouve pour mes enfants une tendresse particulière quand ils sont en pyjama). Pendant ce temps, mon mari lance une musique brésilienne qui se marie parfaitement avec l'odeur du pain grillé et l'atmosphère paisible du dimanche matin.

Alors que je suis en train de finir mon café, mon mari se penche à mon oreille et me glisse : « Il faudra qu'on trouve un moment pour parler. » Puis, après une courte pause, il ajoute : « C'est important. » Je suis mortifiée, mais je n'affiche aucune réaction. C'est le moment ou jamais d'être une beauté froide. Je reprends une gorgée de café pour retrouver mon souffle.

Je suis certaine que mon cœur a raté un battement. J'ai lu un article très sérieux sur le syndrome du cœur brisé. Les Japonais ont même un nom pour ça, le Tako-Tsubo. En France, les médecins parlent plutôt de sidération myocardique : le cœur s'arrête à cause d'un chagrin brutal, puis il repart. Mais je sais que mourir d'amour n'est pas réservé aux héroïnes des romans du XVIIe siècle. Je place discrètement ma main sur ma poitrine : je sens la contraction de mon cœur derrière mon sternum, les valves et les ventricules qui se ferment un instant. Tout va bien.

Mon mari a prononcé cette phrase assassine en se penchant vers moi, la main en bas de mon dos. Pourquoi a-t-il posé sa main sur moi ? Pour atténuer le choc de l'annonce en créant un contact physique entre nous ? Est-ce au contraire une manière de me signifier que ce qu'il a à me dire est important sans être grave ? Qu'on doit trouver un moment pour parler mais que je n'ai aucune raison de m'inquiéter ? Ou est-ce une façon de faire bonne figure devant les enfants ? Est-ce qu'il m'a chuchoté ces mots devant eux parce qu'il craignait ma réaction ? C'est lâche de les utiliser comme bouclier, et ça ne lui ressemble pas.

Mon mari reprend le cours de la conversation comme si de rien n'était. Son café terminé, il monte prendre sa douche pendant que je reste assise à la table du petit déjeuner. Je cherche un objet vert autour de moi, n'importe quoi dans mon champ de vision qui puisse m'assurer que je n'ai pas à m'inquiéter. Mais je n'en trouve aucun. Mon regard s'arrête sur l'horloge de la cuisine, elle est bleu canard : ne peut-on pas considérer qu'elle est vert foncé ?

Mes enfants me parlent, mais je ne comprends plus le sens de leurs paroles. Pendant une minute, ils s'expriment dans une langue lointaine et incompréhensible que je n'arrive pas à déchiffrer. « Maman ? Ça va, maman ? »

J'aimerais leur répondre que non, ça ne va pas, parce que mon mari va me quitter ce soir. Ou, pour le formuler d'une manière qui devrait davantage les concerner : votre père va me quitter ce soir, vous comprenez ? On vous l'annoncera la semaine prochaine après le dîner, probablement mercredi soir, quand nous aurons pris le temps de choisir les mots et le moment pour le dire. On sera assis tous les quatre autour de cette même table, votre père se lèvera pour couper la musique, il reviendra vers moi, posera une main solennelle sur mon épaule, s'assoira à son tour, et parlera le premier : « Les enfants, votre mère et moi, on a quelque chose d'important à vous dire. » Il aura une manière très adulte de formuler les choses. Il vous rappellera que nous vous aimons très fort et que notre séparation ne change rien à cela. Il vous dira que ce n'est pas votre faute et que nous restons malgré tout une famille.

Cette scène que je visualise sans effort (je l'ai tant de fois imaginée) me procure un apaisement inattendu. Je n'étais pas folle. Mes angoisses étaient fondées, ma crainte légitime. J'avais toutes les raisons du monde de m'inquiéter : mon mari avait bien pour projet de me quitter.

Pourtant, ce n'est même pas ma plus grande peur. J'ai peur qu'il parte, qu'il demande le divorce, qu'il me trompe, qu'il soit toujours épris de son amour de jeunesse, qu'il tombe amoureux d'une collègue, qu'il soit homosexuel, qu'il n'éprouve plus aucune passion pour moi. La liste de mes peurs est longue, mais il y en a une qui dépasse toutes les autres jusqu'à me donner le vertige. Ma plus grande peur est que l'on dise un jour de nous : cet homme a passé trente-cinq ans avec une femme qui n'était pas la bonne.

La douleur est tenace, c'est une pieuvre qui s'agrippe autour de mon cœur et le comprime. J'ai mal partout et je n'entends plus rien, mais je suis soulagée. En me quittant, mon mari va rectifier la situation, corriger le tir. Il prend toujours les bonnes décisions, il a très souvent raison (sur sa lecture de Proust, sur l'itinéraire à choisir pour éviter le monde sur la route, sur ses analyses géopolitiques du Moyen-Orient). J'ai une confiance aveugle en son jugement: son cœur bat droit et c'est un excellent père. S'il part, c'est que c'est la bonne chose à faire et le bon moment pour le faire. Je n'ai qu'à me laisser porter. Je n'ai pas à m'inquiéter ou à m'occuper de quoi que ce soit. Je peux me laisser quitter les yeux fermés.

Mon soulagement atténue ma douleur. C'est la délivrance qui survient quand ce qu'on redoute finit par se produire. Quand on joue à cache-cache et que notre cachette est découverte. Quand ce proche qu'on aimait tant, malade depuis longtemps, décède. Quand le personnage principal du film d'horreur se fait attraper par la bête monstrueuse qui ne cessait de le traquer. C'est bon. Je n'ai plus rien à craindre, car ce qui devait arriver est arrivé. Et même: je n'ai plus rien à craindre, car le pire est arrivé.

J'avais peur que mon mari ne meure d'envie de divorcer, mais qu'il n'ait pas le courage de passer à l'acte. Plus le temps passait et moins sa présence dans notre lit chaque soir me garantissait qu'il avait vraiment envie d'être là. Je savais que notre mariage, nos deux enfants et notre maison le maintenaient de force auprès de moi. Paradoxalement, j'étais plus rassurée quand nous venions tout juste de nous rencontrer. Son amour pour moi était alors plus pur car rien ne le retenait à mes côtés. Aujourd'hui, je voudrais le crier partout autour de moi, le dire à toutes les femmes qui attendent le mariage comme ultime preuve d'amour : le mariage ne garantit rien, sinon qu'il ne vous avouera pas vous avoir trompée avec une collègue car il aurait alors trop à perdre. Je ne parle même pas d'avoir des enfants avec l'homme qu'on aime : le voilà retenu à vous pendant des années sans désir.

Quand on a un amoureux à l'école primaire, tout peut se jouer le temps d'une récréation. Au collège c'est une semaine : le lundi on est ensemble, et après le dernier cours du vendredi c'est terminé. Au lycée, c'est peut-être un mois ou deux : on tombe amoureux en septembre, tout est fini à la

Toussaint. Voilà déjà les délais de la rupture qui s'allongent. Pendant la vingtaine, la séparation peut prendre une année entière ; mais pourvu que l'un des deux manque de courage, et c'est deux années de plus au compteur. À partir de quarante ans, on met au moins dix ans à se séparer. Dix ans entre le moment où l'on constate que ça ne fonctionne plus et le moment où l'on se décide à partir.

Par chance, mon mari n'est pas lâche. J'ai toujours admiré sa franchise ; même si cela ne va plus vraiment dans mon sens, on peut dire que mon mari est une personne merveilleuse de ce point de vue-là. Il ne retardera pas pendant des années ce qui nous pend au nez. Il va me quitter d'un coup sec, du jour au lendemain. Ce matin nous nous sommes levés mariés, demain nous nous réveillerons séparés (quel vertige de penser que sa bouche me sera bientôt interdite, que je n'aurai plus le droit de m'approcher pour l'embrasser, que je ne pourrai plus parler de lui en disant « mon mari »).

Il est facile de reconnaître une première fois, mais on sait rarement qu'on est en train de vivre une dernière fois. Comment aurais-je pu deviner que c'était notre dernier lundi insouciant ? Le dernier dîner avec nos amis ? La dernière fois qu'il me faisait l'amour (si j'avais su, j'aurais imprimé dans la mémoire de mon corps chacun de ses allers-retours en moi, son souffle dans mon cou, la manière dont il m'a retournée sur le matelas) ? Et puis, à une autre échelle, comment aurais-je pu prévoir que ce serait notre dernier Noël en famille ? Le dernier anniversaire de notre fille fêté tous ensemble ? Nos dernières vacances à quatre ? Si l'on pouvait identifier nos dernières fois avec autant d'évidence que nos premières, il est certain que des milliers de moments seraient vécus plus intensément.

C'est fini. Mon mariage s'effondre, c'est un échec (une rupture l'est toujours). Pour autant, je ne sais pas si je regrette d'avoir choisi cette vie d'amoureuse. Car on a tous, à un moment, une décision à prendre : choisir d'aimer ou d'être aimé. Il n'existe aucun couple où l'amour se donne à égalité, ce n'est pas vrai. Alors il faut déterminer quelle vie amoureuse on souhaite mener : serons-nous celui qui reçoit ou celui qui donne ?

Avant de rencontrer mon mari, j'ai vécu une histoire avec un jeune homme qui m'aimait plus que moi je l'aimais. Deux années avec Adrien, à m'endormir avant lui le soir, deux années sans chagrin mais sans passion. Avec mon mari, j'ai tout de suite su que ce serait l'inverse, que le rapport de force serait à son avantage. Alors j'ai hésité. Je l'ai même quitté quelques mois après notre première rencontre pour redonner une chance à Adrien. Deux semaines de battement, bercée par le bruit des vagues. Mais j'ai finalement choisi mon mari. J'ai quitté Adrien et le bord de mer, j'ai renoncé au confort d'être aimée, et je suis retournée auprès de mon mari pour de bon. Aimer me semblait être le choix le plus noble. Et puis, mon attirance pour lui était telle que je me suis sincèrement demandé comment j'allais faire si je ne le voyais pas chaque jour de ma vie. Sa manière de parler, de se déplacer dans une pièce, de bouger les mains : tout en lui m'a immédiatement bouleversée. Respirer le même air que lui, partager son lit, partir en vacances avec lui : tout cela me semblait être un privilège qui ne se refuse pas. Bref, le charisme de mon mari a faussé mon jugement.

Aujourd'hui, je ne dirais pas que je regrette ce choix, mais je me rends compte que le prix à payer était très lourd, bien plus lourd que ce que j'avais anticipé. Si j'avais choisi d'être aimée plutôt que d'aimer, j'aurais sans doute été une meilleure mère, j'aurais aussi eu la disponibilité d'esprit nécessaire pour former de belles amitiés et avoir de vraies ambitions de carrière.

Pourquoi me quitter cette année ? Pourquoi me quitter au printemps ? Pourquoi me quitter aujourd'hui ? Le dimanche est en tout cas un choix stratégique, car c'est indiscutablement une journée blanche. Si d'autres jours de la semaine suscitent la polémique lorsqu'il s'agit de leur attribuer une couleur, le dimanche montre unanimement la sienne. Évidemment, c'est le blanc du sacré. C'est aussi une promesse universelle de paix : mon mari s'assure ainsi que notre séparation sera pacifique. Et puis il a mis de la musique brésilienne, c'est ce qu'il écoute quand il est calme et serein. Cela signifie qu'il n'est pas torturé par sa décision – il est sûr de lui et il ne reviendra pas dessus. Tout va bien se passer.

Mais le blanc du dimanche n'est pas aussi simple qu'il en a l'air. L'optique nous apprend que le blanc est le résultat du mélange de toutes les couleurs (et non l'absence de couleurs, comme je le pensais). Ce n'est pas la pureté de la mariée ou le vide de la feuille blanche : le dimanche n'est ni neutre ni naïf. Le blanc est la synthèse de toutes les couleurs, comme le dimanche est la synthèse de tous les jours de la semaine. C'est le résultat final, le dernier chapitre, la solution.

Ma fille s'installe au piano. Mon fils sort sa clarinette. Ils s'entraînent pour le concert de fin d'année du conservatoire. C'est dans trois semaines et je connais déjà le morceau par cœur. Il faut imaginer une longue plainte larmoyante, ou plutôt : un enfant de quatre ans qui pleurniche pendant sept minutes (Poulenc est rarement festif, mais ce duo piano-clarinette est particulièrement redoutable). Si je l'entends encore une fois, il va épuiser mes dernières forces. Je monte prendre une douche. Je me laverai les cheveux pour être sûre de ne rien entendre.

Je fixe longuement mon reflet dans le miroir de la salle de bains et je ne me reconnais pas. Une douche me rendra peut-être un peu à moi-même. Je fais couler de l'eau de plus en plus froide. Je tourne le robinet jusqu'à ce que le jet gelé imprime douloureusement mon corps. Le froid m'anesthésie. Il m'aide à me laisser bercer par le blanc du dimanche. Les particules de poussière flottent dans l'air, je les perçois dans un rayon de soleil. Ma crème hydratante m'apparaît d'un blanc immaculé quand j'en dépose une noisette sur ma main, je n'avais pas remarqué ce blanc brillant les autres jours de la semaine. Le lait des enfants dans leur bol m'a lui aussi sauté aux yeux avec un éclat particulier tout à l'heure. Et c'est tout naturellement que je choisis une chemise en soie blanche très légère. Car debout en sous-vêtements devant mon dressing, le blanc m'apparaît tout à coup comme la plus réconfortante des couleurs, et la seule que je puisse raisonnablement porter pour traverser cette journée.

Le blanc me fait du bien, mais il ne suffit pas à étouffer les questions que je me formule les unes après les autres. D'ailleurs, j'ai appris il y a peu qu'il y avait deux modes de pensée : certaines personnes pensent sous la forme d'un long monologue intérieur, en formulant de vraies phrases ; quand d'autres réfléchissent au contraire par concepts abstraits. La première catégorie à laquelle j'appartiens représente près de 60 % de la population. C'est donc en parlant dans ma tête que je me demande : pourquoi maintenant ? Pourquoi ce matin ? Pourquoi aujourd'hui ?

Est-ce que mon mari ne m'aime plus depuis longtemps mais qu'il a attendu que les enfants soient assez grands pour me l'annoncer ? Est-ce qu'il s'est dit que divorcer avant l'été serait une bonne idée ? Cela nous permet de déménager pendant les grandes vacances et de ne pas changer les enfants d'école en cours d'année.

Je suis quand même étonnée qu'il me quitte en juin. Les statistiques à ce sujet sont claires : les divorces sont plus fréquents après les vacances qu'avant (à la fin de l'été et après Noël). Ces chiffres sont encadrés en rouge dans mon carnet d'apprentissage amoureux. Depuis des années, les sociologues et les économistes ont remarqué que le taux de divorce n'était pas corrélé à la courbe du chômage ou à l'état du marché immobilier – en revanche, à chaque fin de vacances les divorces augmentent systématiquement.

En plus, selon les dernières données de l'Insee, le risque de divorce au sein des couples mariés est le plus élevé après cinq ans de mariage. Ça n'a pas de sens, nous en sommes à treize (c'est peut-être le chiffre qui porte malheur ?). Avec notre séparation au mois de juin et après treize ans de mariage, nous serons l'exception qui confirme la règle. Mais il doit bien y avoir une raison qui explique que mon mari me quitte maintenant. Est-ce qu'il m'a aperçue mercredi avec Maxime ? Est-ce qu'il s'est rendu compte de quelque chose pour Pierre hier ? Est-ce qu'il a rencontré quelqu'un ? Il me quitte pour une autre, c'est certain. D'ailleurs, cela me semble maintenant évident : les billets pour Venise n'étaient pas pour moi. Nous n'y sommes jamais allés ensemble, nous n'y avons aucun souvenir : c'est l'endroit idéal pour sceller une nouvelle idylle. C'est avec sa nouvelle compagne qu'il découvrira le palais des Doges. Il lui dira qu'il l'aime pour la première fois devant la basilique Saint-Marc et ils feront l'amour pendant des heures dans leur chambre d'hôtel avec vue sur le Grand Canal.

Alors que je suis en train d'attacher le fermoir de ma boucle d'oreille (un anneau en or que mon mari m'a offert et que je ne pourrai plus jamais porter sans pleurer), la vérité m'apparaît tout à coup, simple et glaçante. Mon mari n'est au courant ni pour Maxime ni pour Pierre. Il n'a rencontré personne non plus, les billets pour Venise étaient bien pour moi. Il va me quitter parce qu'il a trouvé le carnet de punitions que je tiens scrupuleusement depuis deux ans.

Il est tombé dessus en déplaçant des livres dans la bibliothèque. En l'ouvrant, il a découvert avec stupeur les lignes, et mes commentaires dans la marge. Ce carnet n'a rien d'un journal intime : pas de longues plaintes pathétiques (comme Phèdre, je déteste m'épancher), pas d'analyses psychologiques. Tout tient en trois colonnes tracées à la règle : délit, peine, date.

Sur les premières pages du carnet, j'ai pu établir les délits les plus fréquents et les peines correspondantes. Ainsi, « oublier de me souhaiter bonne nuit avant de s'endormir » implique de mon côté « l'absence de caresses le lendemain matin ». De même, « regarder longuement ou de manière répétée son téléphone sur le canapé du salon alors que je suis à côté (même si la télévision est allumée) » entraîne la punition suivante : « ne pas répondre au téléphone la prochaine fois qu'il m'appellera (ne le rappeler qu'après au moins deux appels manqués) ».

Ce sont deux punitions que j'ai malheureusement dû appliquer en début de semaine, l'enjeu étant de rétablir l'équilibre entre le comportement de mon mari et le mien. C'est le principe de la justice réparatrice – et je sais d'expérience à quel point il est important d'être dans un couple où règne un minimum d'équité.

Pour sortir du contingent, j'ai opté pour un système codifié : à chaque délit amoureux correspond une peine. C'est aussi simple que ça. Ce carnet signe la fin de l'arbitraire (mon fils de neuf ans l'a appris à l'école au premier trimestre, un pouvoir arbitraire est une autorité qu'aucune règle ne limite, exercée selon le bon vouloir d'un souverain – il est hors de question que je vive dans un couple à ce point Ancien Régime). Plus question pour moi de faire des caprices, de changer d'avis d'un jour à l'autre, d'en vouloir le lundi à mon mari et de me dire que sa faute n'est pas si grave le mardi : les règles existent, elles sont les mêmes tout le temps, il faut s'y conformer.

Dans l'application des peines, je fais fi du cas particulier et des circonstances atténuantes. Je ne cherche pas d'excuses à mon mari : je prends les faits et j'en déduis les conséquences. Qu'il soit fatigué, stressé ou malade, le même code s'applique. Au tribunal, le juge ne se demande pas si l'accusé vient d'une famille modeste ou s'il avait passé une mauvaise journée ce jour-là : à chaque délit équivaut une peine. De la même manière, le fait que sa mère l'ait peu pris dans ses bras quand il était petit ou que mon mari ait eu une semaine difficile ne doit pas entrer en ligne de compte. C'est dur, mais c'est la règle.

Un délit : une peine. 365 jours par an. C'est le fondement de notre système juridique moderne, et il a fait ses preuves. Pourquoi ne pourrait-on pas l'étendre à la sphère privée ? Les lois régulent nos comportements et nous permettent de vivre ensemble ; la vie domestique ne fait pas exception : mon mari sait bien qu'il doit me souhaiter bonne nuit chaque soir, qu'il me doit respect et fidélité. Il y a des semaines où mon carnet reste derrière la bibliothèque sans que j'aie besoin d'y noter quoi que ce soit. Les semaines sans punition existent, c'est donc que c'est possible.

Ce système n'a rien de cruel, bien au contraire. Il a d'abord pour ambition de me simplifier la vie. Il limite le nombre de questions que j'ai à me poser chaque jour : quand mon mari me fait de la peine, que sa trahison soit terrible (la clémentine) ou infime (son téléphone sur le canapé), je sais ce qu'il me reste à faire (appliquer la peine correspondante). Une ligne au stylo plume, et la solution m'apparaît. Ça limite mes soirées d'angoisse, les blessures qui pourrissent et ne guérissent jamais ; car à partir du moment où mon mari est puni, je considère qu'il a payé sa dette. Je peux alors commencer à lui pardonner.

De nouveaux délits font régulièrement leur entrée dans le carnet ; avec les années, mon mari trouve toujours de nouvelles manières de me torturer. Mais c'est aussi moi qui mets parfois du temps à prendre la mesure des injustices dont je suis la victime. C'est le cas des volets fermés dans notre chambre toutes les nuits. Je n'avais jamais pensé que mon mari doive être puni pour cela, que son besoin de dormir dans le noir puisse constituer une infraction. Mais cette frustration a commencé à grandir en moi, à prendre de plus en plus d'espace, jusqu'à mes pleurs de rage hier soir. Je n'ai pas encore trouvé d'équivalent capable de rétablir l'équilibre, une peine susceptible de racheter mes 40 000 heures de sommeil destructrices dans le noir. Trouver une punition proportionnelle à la faute est le plus difficile : n'être ni trop sévère (je n'allais pas le pousser par la fenêtre comme l'idée m'a effleurée hier) ni trop laxiste (refuser de l'embrasser le matin n'est pas suffisant). Peut-être une peine au long cours, comme un empoisonnement ?

Une petite dose dans son café pour chaque matin où j'aurai mal dormi à cause des volets fermés? Évidemment, pas de quoi le tuer (la proportion entre les délits et les peines est le fondement même de la justice), mais un léger laxatif ou somnifère pourrait peut-être faire l'affaire.

Bien sûr, tout n'est pas si clair. Il existe une zone grise. Par exemple, je déteste quand mon mari s'endort dos à moi, mais je ne crois pas que cela puisse constituer un délit en soi. Je n'apprécie pas, mais ce n'est pas interdit.

Cette semaine a été particulièrement éprouvante. Je crois qu'il n'y a quasiment eu aucune journée sans délit ni peine. Maxime a sans doute été ma punition la plus grave. Je flirtais avec lui depuis des mois. Mais mon passage à l'acte a été décidé par la rétractation de mon mari au sujet de sa déclaration d'amour du milieu de la nuit. Coucher avec un autre homme était sa punition; punition qui peut paraître sévère, mais qui est pourtant juste: nier les perceptions de quelqu'un est un acte aussi violent qu'un adultère. Si mon mari m'avait confirmé ses « je t'aime », je n'aurais jamais couché avec Maxime. J'aurais profité de cette fausse réunion pédagogique pour aller faire du shopping. Je ne l'aurais pas dit à mon mari non plus, d'ailleurs – il aime me voir bien habillée mais il trouve cette activité futile, alors je renouvelle ma garde-robe discrètement (même si parfois il s'en rend compte, comme pour la nouvelle robe que je portais mardi soir chez Louise et Nicolas).

Avec Pierre hier, c'était différent. J'ai totalement perdu le contrôle. Bien sûr, il fallait que je punisse mon mari pour son incartade avec Lucie ; mais pas de cette manière, pas sur le vif, pas aveuglée de rage. Avant de réagir, je prends toujours le temps d'écrire la faute de mon mari dans mon carnet et je ne le punis que le lendemain, rarement le jour même. Il est primordial, pour son bon fonctionnement, de dépassionner la justice. Cela limite les débordements : réagir à chaud comme je l'ai fait hier m'a fait prendre des risques inconsidérés.

Cette semaine, j'ai dû infliger d'autres punitions à mon mari, dont : « faire semblant de ne pas l'entendre quand il me parle » et « déplacer ses affaires (portefeuille, clefs, sac, vêtement, document important) ». Ces deux peines correspondaient aux deux infractions suivantes : « retirer sa main de la mienne et ne pas la reprendre ensuite » et « humiliation devant des témoins (amis ou famille) ». Pour cette dernière, j'ai caché son portefeuille pour lui faire perdre du temps au moment de partir au travail. Comme tous les jours, il l'avait déposé sur le meuble de l'entrée ; il m'a suffi de le déplacer dans la poche du pantalon qu'il portait la veille.

Mais étant donné la gravité de sa triple humiliation à la soirée chez Nicolas et Louise (ses souvenirs désagréables de nos premières expériences de jeunes parents, mon effacement de son anecdote de l'alarme de sécurité à sa soirée d'anniversaire, et bien sûr, la clémentine), j'ai également décidé de dissimuler sa pochette contenant des documents importants pour son travail. Je savais que de cette manière, je lui ferai non seulement perdre du temps, mais qu'il devrait également m'appeler pour me demander de les lui apporter.

J'ai commencé à déplacer ses affaires il y a des années, bien avant la mise en place du carnet de punitions. Un matin, j'ai enlevé les clefs de la poche de son manteau quand il était sous la douche. Une autre fois, j'ai remis dans l'armoire un colis qu'il devait déposer à la poste et qu'il avait laissé dans l'entrée pour ne pas l'oublier. Quelques mois plus tard, mon mari était si inquiet qu'il prenait rendez-vous chez le médecin.

C'est parti d'une bonne intention. Je venais de reprendre le travail après la naissance de notre fille, et il y avait des semaines entières où mon mari et moi ne faisions que nous croiser : je partais tôt le matin, il rentrait tard le soir. C'est à ce moment-là que j'ai commencé à déplacer ses affaires pour qu'il me demande de les lui apporter au travail. Nous nous retrouvions près de son bureau, et nous en profitions pour boire un café avant sa prochaine réunion. C'est ce que j'ai fait mercredi avec sa pochette et je ne le regrette pas : j'ai créé de toutes pièces un très beau moment à deux (les souvenirs amoureux ne tombent pas du ciel, il faut bien que l'un de nous deux se dévoue pour les fabriquer). En plus, être celle qui sait toujours où sont les choses et le sort de situations compliquées me plaît bien : je ne cesse ainsi jamais de lui rappeler qu'il a besoin de moi.

J'ai commencé à déplacer les affaires de mon mari parce qu'il me manquait. J'ai continué pour le punir et parce qu'il le méritait.

Mon mari est tombé sur mon carnet de punitions. Il ne me le pardonnera jamais. Qui le pourrait ? Si encore il avait trouvé mon carnet d'apprentissage amoureux, ou celui répertoriant ses choix musicaux : j'aurais été pétrifiée de honte, mais j'aurais pu expliquer que je faisais des recherches pour une traduction. Cette fois, la confrontation aura lieu ce soir et je n'aurai aucun moyen de nier ou de minimiser les faits.

Mon corps tremble, je n'arrive plus à respirer. J'ai chaud, froid, peur, faim, sommeil (en fait, je ne sais plus très bien). J'ai besoin d'un prétexte pour aller faire un tour en voiture. Je dis à mon mari que j'ai fini la dernière plaquette de ma pilule et que je dois absolument passer à la pharmacie.

Je roule au hasard car je n'ai qu'une chose en tête : le CD de Supertramp rangé dans la boîte à gants.

Les premières notes de flûte traversière me ramènent instantanément dans les années 1980. Mais cette chanson m'apparaît d'une absolue actualité. Elle semble écrite pour moi. Composée pour *ce* trajet en voiture, pour mettre en musique la fin de *mon* mariage.

Le clavier arrive à pas de velours, presque prudemment sous le saxophone. Puis il s'énerve, prend le dessus. Font ensuite leur entrée : la batterie qui ajoute au désespoir et le saxophone qui en remet une couche. Et enfin, les premiers mots. Sans ambiguïté : la plainte. Suppliante, directe.

Don't leave me now
Leave me out in the pouring rain
With my back against the wall

Je ne peux pas m'empêcher de traduire en même temps que je chante (déformation professionnelle). Ne me quitte pas maintenant. Ne me laisse pas dehors sous la pluie battante, dos au mur. Pour que le moment soit parfait, il aurait fallu la pluie sur le pare-brise de la voiture, les essuie-glaces qui s'agitent avec détresse. Il manque la *pouring rain* de la chanson (mais elle ne risque pas de me tomber dessus avec ce ciel de juin désespérément bleu).

Don't leave me now
Leave me holding an empty heart

Ne me quitte pas maintenant. Ne me laisse pas le cœur vide. Mon cœur est tellement plein de mon amour pour mon mari. Est-ce qu'il va cesser de fonctionner si je n'ai plus d'objet à aimer ? Sera-t-il encore opérationnel sans moteur et sans but ?

Un conducteur me dévisage au feu rouge. C'est vrai que je chante à pleins poumons, l'air dévasté. Il se demande certainement si je ne vais pas foncer dans un mur au prochain virage. Le feu passe au vert. Le pied sur l'accélérateur, les yeux floutés par les larmes, je chante de toutes mes forces.

Il n'y a pas à dire, la chanson fait son effet (je suis déjà en transe alors que le solo de saxophone n'a même pas encore commencé). Au pic du désespoir, je grille un stop. Si un policier m'arrête, mon visage brouillé de larmes devrait le dissuader de me verbaliser.

La chanson de Supertramp dure 6 minutes et 17 secondes. C'est beaucoup (la durée moyenne d'un titre est de 3 minutes et 49 secondes) mais ce n'est pas assez. Je la remets, une première fois, une deuxième fois. L'émotion est intacte. Puis je sèche mes larmes, trouve une pharmacie de garde. Avant de sortir de la voiture pour rentrer à la maison, je me repoudre le nez.

Le reste de la journée se passe sans moi. Nous allons au marché, nous déjeunons chez les parents de mon mari, les enfants font le tour du lac à vélo, nous buvons un café en rentrant de la balade, je croque dans un morceau de chocolat à la framboise, je recouds un bouton de chemise de mon mari, nous dînons, nous jouons à un jeu de société tous les quatre. Mais je fais et dis n'importe quoi. Je choisis des fruits et des légumes au hasard. Je me trompe de sortie au rond-point au moment d'aller chez mes beaux-parents. Je manque de me faire renverser par une voiture car je regarde du mauvais côté de la route en arrivant au lac. J'oublie de boire mon café qui finit par refroidir sur le comptoir de la cuisine. Je me mords la langue si fort en croquant dans ce bout de chocolat que son goût se mêle à celui de mon sang dans ma bouche. Je me pique plusieurs fois avec l'aiguille pour voir si je suis encore capable de ressentir quelque chose. Je fais exprès de me brûler en préparant le repas. Je ne sais jamais quand c'est à mon tour de jouer.

Mais je souris. J'explique à mon mari que je suis fatiguée, et c'est vrai. Je suis exténuée. La pression, mes doutes, mon attente : tout est redescendu d'un coup. Ne reste plus que la fatigue, immense.

Les enfants sont enfin couchés. Mon mari est resté un peu plus longtemps dans leurs chambres que les autres soirs. Est-ce qu'il leur a glissé quelques mots pour les préparer au changement qui est sur le point de survenir dans notre famille ? Est-ce qu'il leur a lu un livre pour enfants qui parle de séparation, de parents qui divorcent mais qui continuent à aimer leurs deux enfants très fort ? Ou est-ce qu'il leur a parlé de l'histoire de France comme quand ils étaient petits ? Est-ce qu'il leur a raconté le moment où Napoléon abandonne Joséphine pour une femme plus jeune ?

J'entends l'eau couler et je respire à peine, assise sur le lit en l'attendant. Je mets la main devant mon nez pour vérifier que je respire toujours. Je ne suis même plus sûre de savoir comment faire. Je ne suis plus sûre de savoir comment extraire l'oxygène de l'air en inspirant, ni de savoir comment relâcher le dioxyde de carbone en expirant.

Mon mari sort de la douche. Je sors de mon apnée. Il porte le t-shirt délavé qui lui sert de pyjama depuis des années et son caleçon à motifs marins. Quelle ironie. Mon mari va mettre fin à notre mariage avec pour uniques vêtements un t-shirt de son équipe de rugby préférée et un ridicule caleçon à poissons.

Je ne pensais pas qu'il serait cruel au point de mettre fin à quinze ans de vie commune dans notre chambre à coucher, un dimanche soir comme les autres. Je ne pensais pas qu'il pourrait me manquer de respect au point de me quitter sans porter de pantalon. Mais je réfléchis un instant : aurait-il pu le faire ailleurs ? Il n'allait tout de même pas m'inviter à dîner en ville pour demander le divorce, ni parler de séparation entre deux parties de tennis. Il n'allait pas non plus enfiler un costume pour me dire qu'il avait rencontré quelqu'un.

Mon mari s'assoit à côté de moi. Il attrape mes deux mains qu'il entoure des siennes pour former une petite boule solide et compacte (je trouve le geste solennel et cette gravité me console un peu).

Nous sommes au bord du lit. C'est à cet endroit que l'on s'installe chaque fois que l'on doit parler sérieusement. Mais je sais maintenant que nous n'aurons plus jamais ces conversations du soir – ces conseils exécutifs improvisés où nous statuons sur la marche à suivre concernant l'avance que mon éditeur me doit toujours ou sur l'achat d'une console de jeu pour notre fils. Cette conversation du bord de lit est la dernière ; mais comme j'en suis consciente, elle aura la beauté rare des dernières fois que l'on remarque.

J'ai envie de lui couper la parole. Lui dire que je sais, que je suis prête, que j'attends ce moment depuis longtemps. Mais je n'arrive pas à faire sortir le moindre son de ma bouche.

Pendant ce temps, mon mari réfléchit. Il prend son temps pour choisir ses mots. Dans la vie de tous les jours, il parle plutôt tête la première, sans réfléchir. Mais quand il a quelque chose d'important à dire, il prend toujours son élan. C'est précisément ce qu'il fait maintenant. Il se concentre, recule légèrement, évalue les distances, réunit l'énergie nécessaire, et finalement se lance :

– Il y a quelque chose dont je voulais te parler. Je ne sais pas comment l'aborder, ça fait déjà un moment que j'y pense, tu as peut-être remarqué. On a tous les deux eu quarante ans cette année, les enfants ont grandi... Ils ont grandi si vite. Alors je me disais que c'était le moment ou jamais. Qu'est-ce que tu dirais d'agrandir notre famille ? Un troisième enfant, qu'est-ce que tu en dis ?

Je m'entends lui répondre oui et je me vois l'embrasser. Je suis folle de joie. Mon mari m'aime.

Il faut que j'arrête de fouiller dans ses affaires, de l'enregistrer, de le punir. Je me blottis contre lui, ivre de bonheur face à l'ultime preuve d'amour qu'il vient de me donner, et certaine des bonnes résolutions que je pourrai mettre en place dès demain matin. Le lundi est fait pour ça.

Je ferme les yeux, bercée par la respiration océanique de mon mari, quand mes cuisses se mettent à me piquer. J'ignore le signal, j'enfouis mon visage dans l'oreiller, j'enroule la couette entre mes jambes et refuse de me gratter. Mais les démangeaisons s'étendent peu à peu à ma tête, à mes bras, à mon ventre.

Épilogue

Cette semaine, j'ai fait fort. Son carnet en témoigne. Tout y est : même ma main que je retire de la sienne sur le canapé bien qu'elle essaie de me la reprendre à trois reprises. Ma petite femme note tout. Elle se donne tellement de mal.

Ce que j'ai préféré, c'est la réveiller en pleine nuit pour lui dire que je l'aimais. La voir rayonner de bonheur le lendemain, avant de m'appeler en panique quelques heures plus tard pour me demander confirmation. Évidemment, et comme chaque fois, j'ai nié tranquillement. Je la vois devenir folle quand je fais ça.

C'est incroyable quand j'y pense : tu peux quand même croire tes oreilles, je te l'ai répété trois fois, aie davantage confiance en toi, ma chérie, gagne en assurance, ce n'est pas possible de douter de toi à ce point. La vulnérabilité de ma femme est vertigineuse : jusqu'où vais-je pouvoir aller avant qu'elle réagisse ? Est-ce qu'elle ne m'opposera jamais la moindre résistance ? Est-ce qu'elle finira, un jour, par se révolter ?

Je dois admettre que je l'ai poussée à bout ces derniers jours : mes regards insistants à la jolie serveuse du restaurant italien mercredi midi, m'endormir sans un mot pour lui souhaiter bonne nuit en plein milieu d'une conversation, lui faire très peur ce matin en lui glissant l'air de rien qu'il faudra qu'on trouve un moment pour parler. Et puis, je n'ai pas été tendre chez Louise et Nicolas. Mais pour être honnête, je ne pensais pas qu'elle serait aussi vexée pour une histoire de clémentine. Je trouvais vraiment que ce fruit lui correspondait bien. C'est délicieusement acidulé, et on pourrait en dévorer mille sans se lasser.

Cette semaine a été particulièrement intense, je reconnais, mais disparaître avec Pierre pendant l'anniversaire de notre fille, sérieusement ? J'ai vraiment eu peur que quelqu'un les aperçoive sortir de la salle de bains ; ce n'était pas très malin, la fenêtre du couloir donne sur le jardin.

Je ne lui en veux pas – j'aurais dû anticiper que draguer avec autant d'insistance sa meilleure amie sous ses yeux risquerait de la faire vriller. Et comme chaque fois, je lui ai fait l'amour le soir même. Je le fais systématiquement quand elle couche avec un autre homme. Je marque mon territoire, et c'est aussi une manière pour moi de dire silencieusement à ma femme que je lui pardonne.

La semaine prochaine, j'aurai un comportement exemplaire. Aucune ligne dans le carnet, pas le moindre faux pas. Et pourquoi pas un léger excès de zèle : une déclaration d'amour impromptue et un très beau cadeau. Elle doit déjà être au courant pour Venise puisqu'elle passe son temps à fouiller dans mes mails – mais ça fera l'affaire.

Le secret pour garder le rapport de force à mon avantage est de jouer avec les variations d'intensité : si toutes les semaines étaient comme celles-ci, elle serait épuisée et finirait par ne plus rien ressentir. Alors, après une semaine de plus en plus éprouvante – le tempo doit aller crescendo du lundi au dimanche –, je dois la ménager. Pour lui faire relâcher la garde. Qu'elle se surprenne à relativiser – mon mari et moi avons de beaux moments –, à culpabiliser, même : comment ai-je pu lui en vouloir à ce point alors que c'est un mari aussi aimant ?

J'ai besoin d'instaurer un climat serein entre nous pour mettre en place ma dernière stratégie. J'ai découvert cette semaine une nouvelle contraception masculine, c'est ça qui m'a donné l'idée de lui proposer de faire un troisième enfant : une méthode thermique et réversible qu'il sera facile de lui dissimuler, grâce à laquelle ma femme croira qu'elle est devenue stérile – ou pire, déjà ménopausée. Ça va l'angoisser pendant des mois de ne pas pouvoir me donner ce que je veux – elle va mourir d'inquiétude que je la quitte pour une femme plus jeune capable de me faire un enfant. Je vais peut-être utiliser cette méthode contraceptive quelques mois ; et quand elle ne s'y attendra plus, je la mettrai enceinte. En plus, cet enfant, elle l'aimera moins si je le lui donne tout de suite

– et on sait tous les deux que la maternité n'est déjà pas son fort. En y réfléchissant, il me ferait plaisir ce troisième enfant, voir Nicolas et Louise aussi heureux m'a donné envie.

Pas de carnet ni de système codifié pour moi, je laisse ça à ma femme. J'agis au gré de mes envies – je fais ce dont j'ai envie. Je la retrouve quand elle me manque, je m'éloigne quand elle m'agace. La voir prête à tout pour moi est confortable. Confortant aussi, sécurisant surtout. Aucune femme ne m'aimera jamais comme elle. C'est ma femme.

Références

Le personnage principal relit *L'Amant* de Marguerite Duras. Elle cite aussi *Les Pensées* de Pascal, qu'elle a étudié en terminale, et se prend pour *Phèdre*, l'héroïne de Racine (on note ici un réel penchant pour la pensée du XVIIe siècle).

Dans sa voiture, elle écoute le dernier album de Ben Mazué, *Paradis* – chanteur dont elle s'imagine aisément qu'elle aurait pu tomber amoureuse, dans une autre vie. Dans la boîte à gants, l'album de Supertramp de 1982, *Famous Last Words*, qui contient le titre « Don't leave me now ». Elle chante à sa fille « Sunny » de Bobby Hebb, et elle écoute en boucle Véronique Sanson depuis des années, en particulier la chanson « Amoureuse ».

Dans le salon, son mari écoute « Loving is easy », de Rex Orange County. Sa chanson préférée est « Day by Day », chantée par Frank Sinatra. Côté musique classique, il ne jure que par Mozart. C'est donc bien la *Symphonie n° 40 en sol mineur* qu'il met sur les enceintes du salon samedi soir.

Le film préféré de la narratrice est *Vacances romaines* de William Wyler avec Audrey Hepburn. Nicole Kidman et Grace Kelly font également leur apparition dans le livre. Elle s'inspire du philosophe et juriste italien Beccaria et de son ouvrage de 1764 *Des délits et des peines* – texte fondateur du droit pénal moderne – pour son cahier de punitions. Enfin, on peut imaginer qu'elle est en train de traduire *Conversations entre amis* pour les Éditions de l'Olivier, le premier roman de l'autrice irlandaise Sally Rooney.

Remerciements

À Sylvie Gracia, mon éditrice, qui a repéré mon manuscrit dans la pile. Merci de l'avoir fait grandir avec franchise, rigueur et légèreté. À Sophie de Sivry qui a cru en mon texte et qui a parié sur lui. À toute l'équipe de l'Iconoclaste – Constance Beccaria, Adèle Leproux, Sophie Langlais, Alice Huguet, Alina Gurdiel… –, cette maison où il fait bon écrire et passer. Une maison.

À tous mes relecteurs, aux différentes phases d'écriture – de mes premières tentatives au manuscrit que j'allais envoyer aux éditeurs le cœur battant. Vous avez chacun déposé une empreinte sur mon texte.

À mes parents qui ont régulièrement transformé leur maison en résidence d'écriture pour mes beaux yeux, à Damien, Marie Lou et Léonard, à Louise ; cette famille qui m'enveloppe d'amour depuis toujours. Vous êtes la chance de ma vie.

À mes amis qui font toute ma force : Zoé, Lucie, Nicolas, Valentin, Thomas, Maud, Éléonore, Charlotte, Clémence, Marianne, Jeanne, Loréna. Vous êtes mon arme secrète.

À Pierre pour la joie et les nouveaux horizons.

À Marion, mon amie et conseillère littéraire de l'ombre, qui m'a fait découvrir le bruit des vagues bretonnes, et sans qui ce livre ne serait pas le même : ton regard sur ce texte et ma vie m'est infiniment précieux.

À Michael, qui m'a soutenue pendant les trois années d'écriture de ce livre. Je t'ai follement aimé.

L'EXEMPLAIRE QUE VOUS TENEZ ENTRE LES MAINS
A ÉTÉ RENDU POSSIBLE GRÂCE AU TRAVAIL DE TOUTE UNE ÉQUIPE.

ÉDITION : Sylvie Gracia avec Constance Beccaria
COUVERTURE ET CONCEPTION GRAPHIQUE : Quintin Leeds
RÉVISION : Nathalie Capiez, Isabelle Paccalet
et Nathalie Reignier-Decruck
MISE EN PAGE : Soft Office
PHOTOGRAVURE : Axiome
FABRICATION : Lucie Le Bon
COMMERCIAL ET RELATIONS LIBRAIRES : Adèle Leproux
avec Marie Bréhin
PRESSE ET COMMUNICATION : Alina Gurdiel
COMMUNICATION DIGITALE : Alice Huguet

RUE JACOB DIFFUSION : Élise Lacaze (direction),
Katia Berry (grand Sud-Est), François-Marie Bironneau
(Nord et Est), Charlotte Jeunesse (Paris et région parisienne),
Christelle Guilleminot (grand Sud-Ouest), Laure Sagot
(grand Ouest), Diane Maretheu (coordination),
Charlotte Knibiehly (ventes directes) et Camille Saunier
(librairies spécialisées)

DISTRIBUTION : Interforum

DROITS FRANCE ET JURIDIQUE : Geoffroy Fauchier-Magnan
DROITS ÉTRANGERS : Sophie Langlais
ACCUEIL ET LIBRAIRIE : Laurence Zarra
ANIMATION : Sophie Quetteville
ENVOIS AUX JOURNALISTES ET LIBRAIRES : Vidal Ruiz Martinez
COMPTABILITÉ ET DROITS D'AUTEUR : Christelle Lemonnier,
Camille Breynaert et Christine Blaise
SERVICES GÉNÉRAUX : Isadora Monteiro Dos Reis

L'ensemble de cet ouvrage a été réalisé dans le respect
des règles environnementales en vigueur.
Il a été imprimé par un imprimeur certifié Imprim'vert,
sur du Lac 2000 PEFC pour l'intérieur
et une carte Crescendo PEFC pour la couverture.

Certifié PEFC
Ce produit est issu de forêts gérées durablement et de sources contrôlées.
PEFC™
10-31-3068
pefc-france.org

IMPRIM'VERT®

La couverture et la bande ont été imprimées par
Déjà Link à Stains (Seine-Saint-Denis).

Achevé d'imprimer sur les presses de
l'imprimerie CPI Bussière
à Saint-Amand-Montrond (Cher) en août 2021.

ISBN : 978-2-37880-241-7
N° d'impression : 2059971
Dépôt légal : août 2021

En France, un livre a le même prix partout.
C'est le « prix unique du livre » instauré par la loi de 1981 pour protéger le livre et la lecture.
L'éditeur fixe librement ce prix et l'imprime sur le livre.
Tous les commerçants sont obligés de le respecter.

Que vous achetiez votre livre en librairie, dans une grande surface ou en ligne, vous le payez donc au même prix.

Avec une carte de fidélité, vous pouvez bénéficier d'une réduction allant jusqu'à 5 % applicable uniquement en magasin (les commandes en ligne expédiées à domicile en sont exclues).

Si vous payez moins cher, c'est que le livre est d'occasion.